地拔世界

In-between CreviceS

遺失的東西總會重新回到我們身邊

The things we lost have a way of coming back to us in the end.

目錄

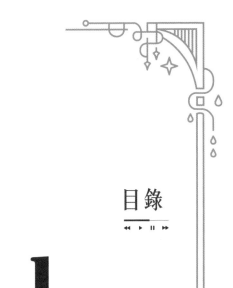

5

同伴．
哭笑有時

8

再見．
或得或失

6

替代．
記憶與遺忘

7

闖關．
成敗關鍵

第1話

遺失・斷絕與聯繫

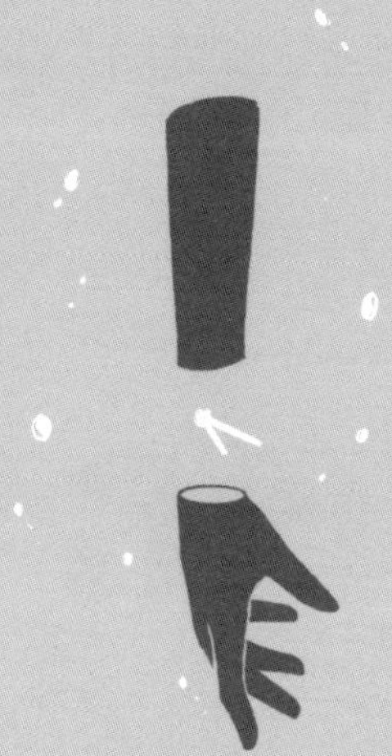

“ 就是那唯一的聯繫也切斷了……

——他 ”

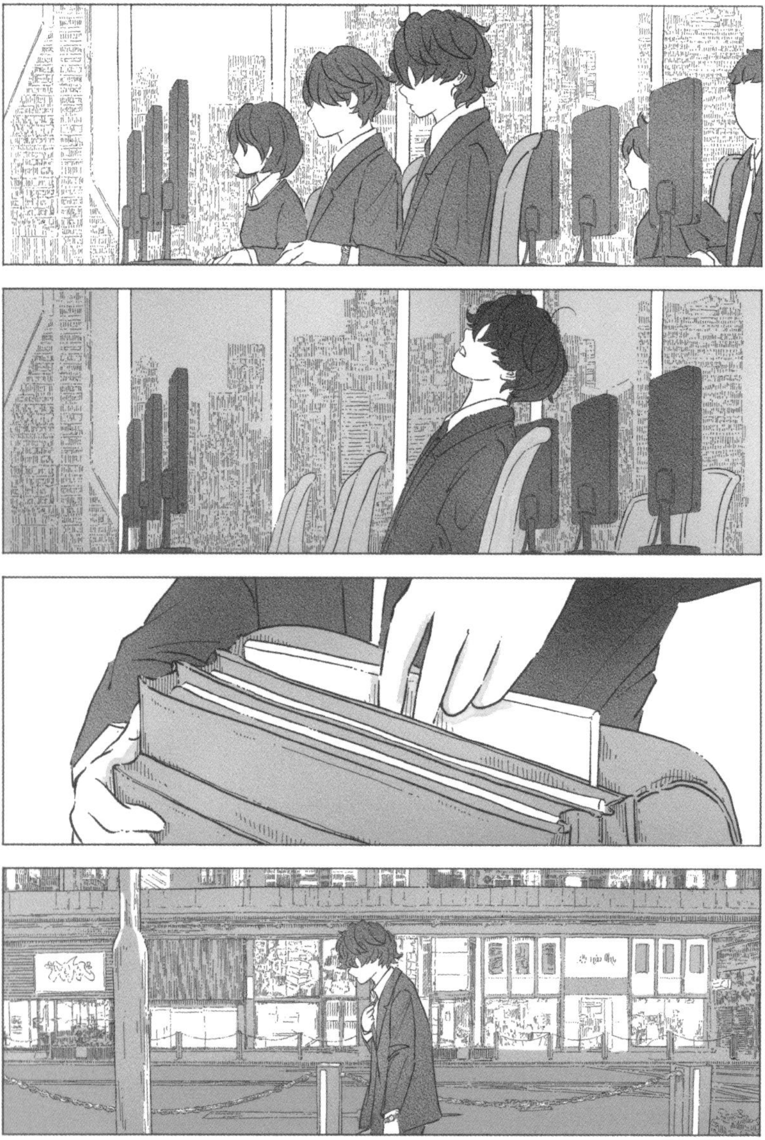

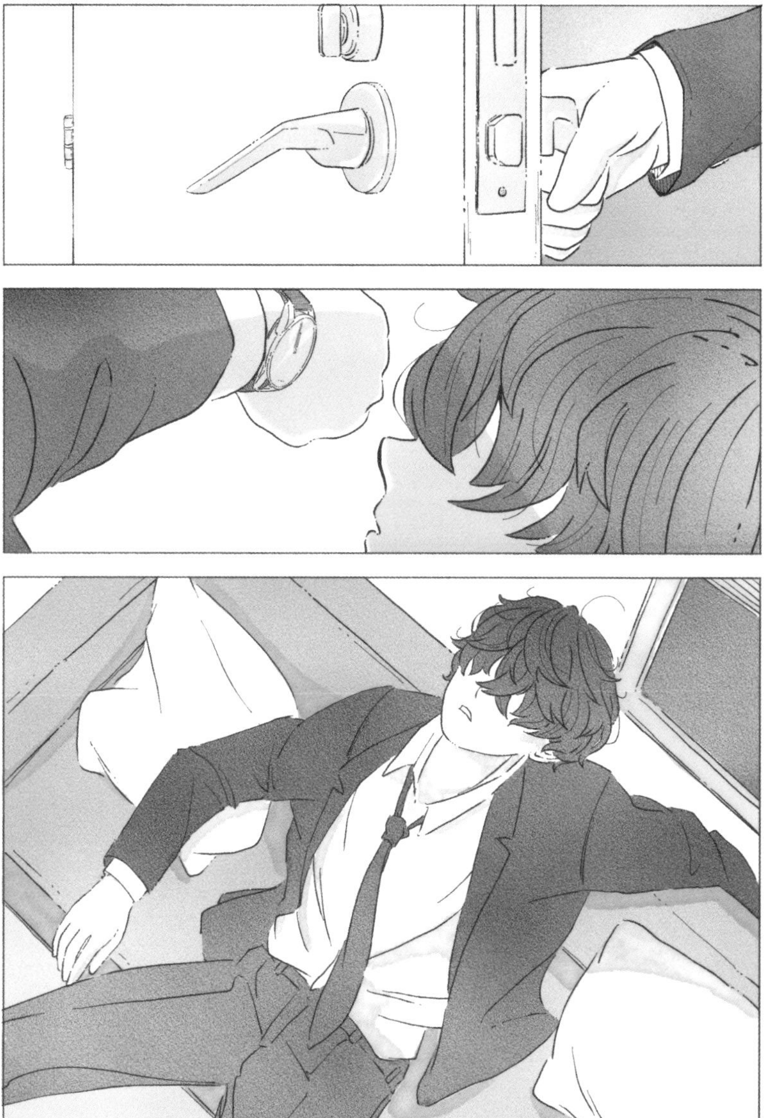

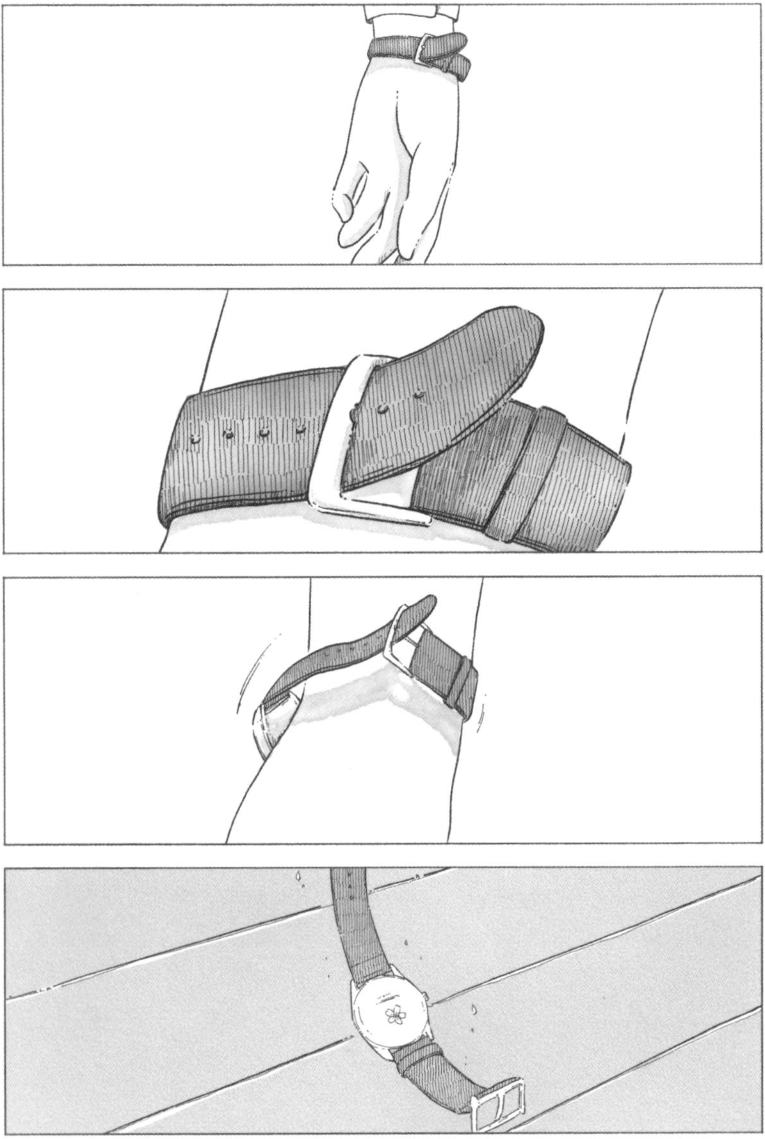

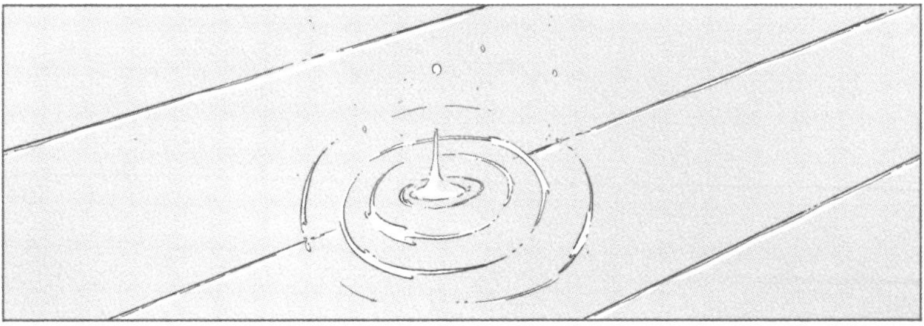

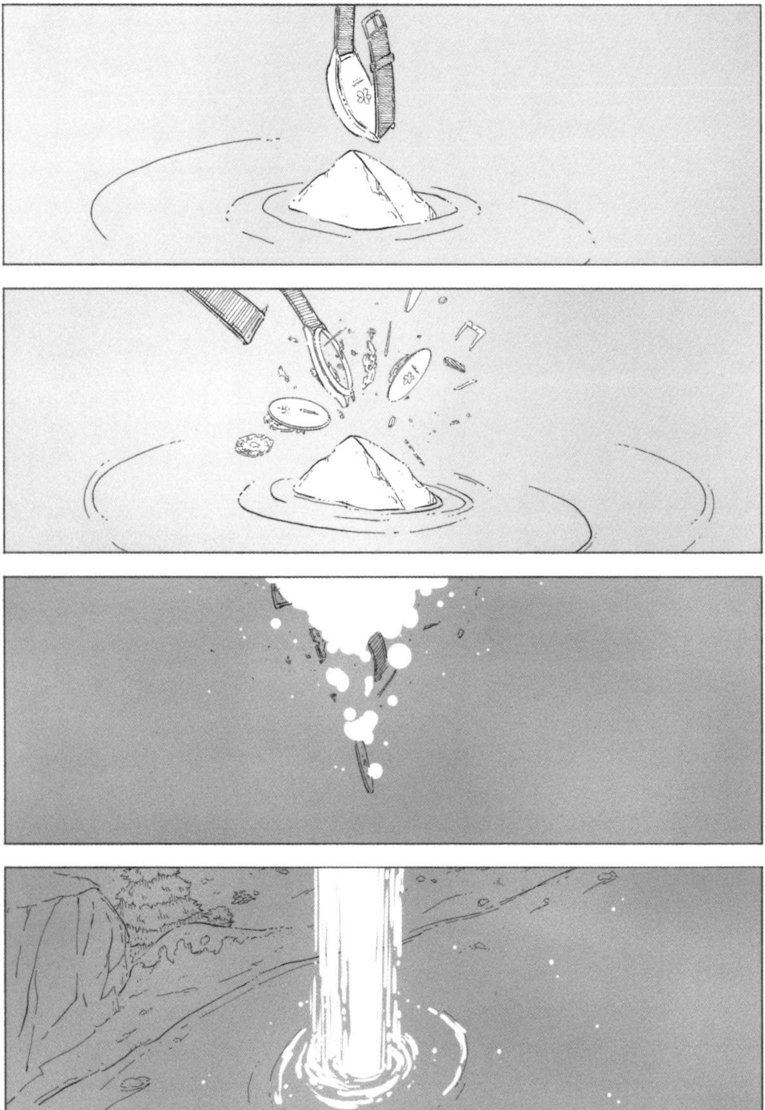

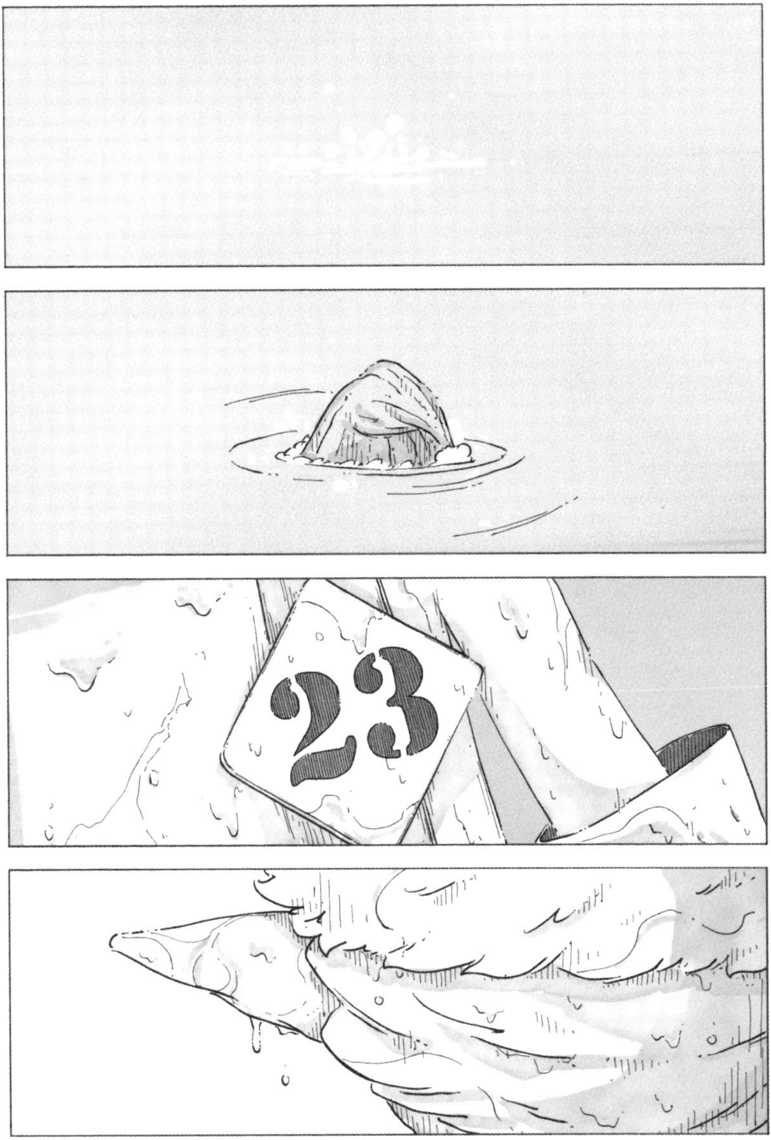
23

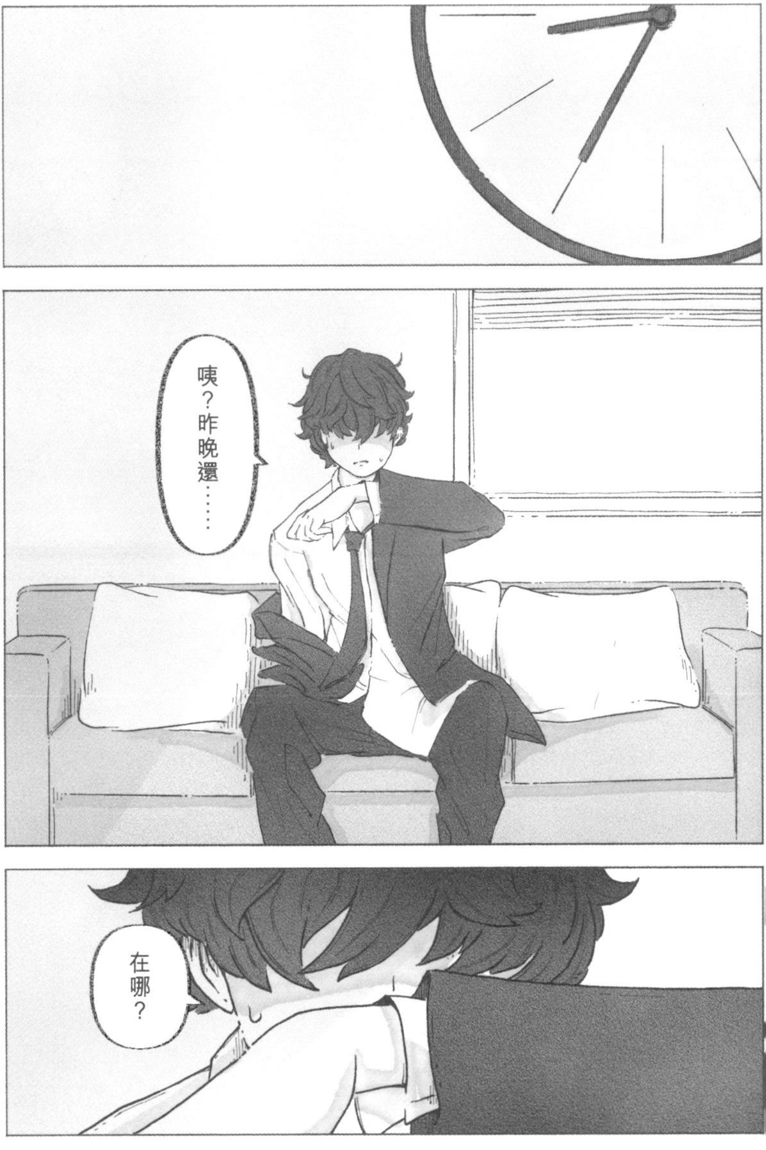
咦？昨晚還……
在哪？

不能掉失啊！
快點出來吧！
company
company
我要請假，不要煩我！

難道連你也撇下我……

不見了……真的不見了……

第2話

誕生・地平上下

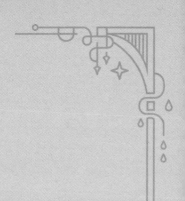

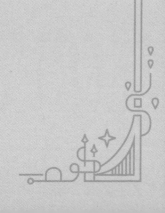

我就是為此而生！

——23 號

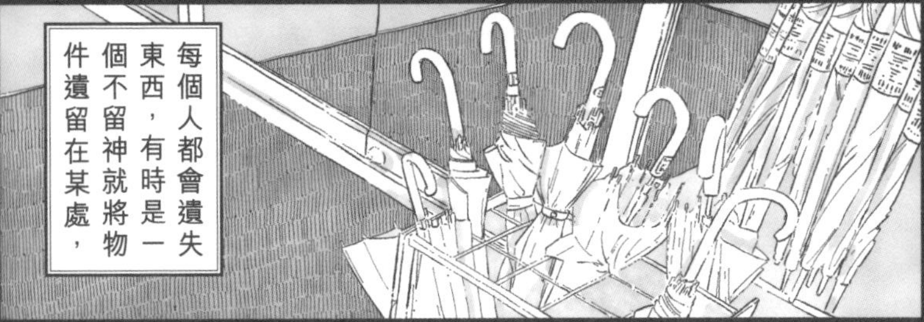
每個人都會遺失東西，有時是一個不留神就將物件遺留在某處，

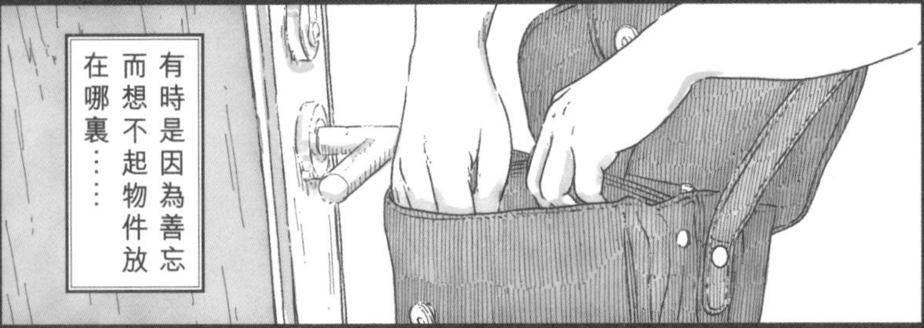
有時是因為善忘而想不起物件放在哪裏……

但其實，那些帶有特別回憶的物件不見了，可能是因為物件恰巧落在地板的縫隙，繼而掉進**地板世界**。

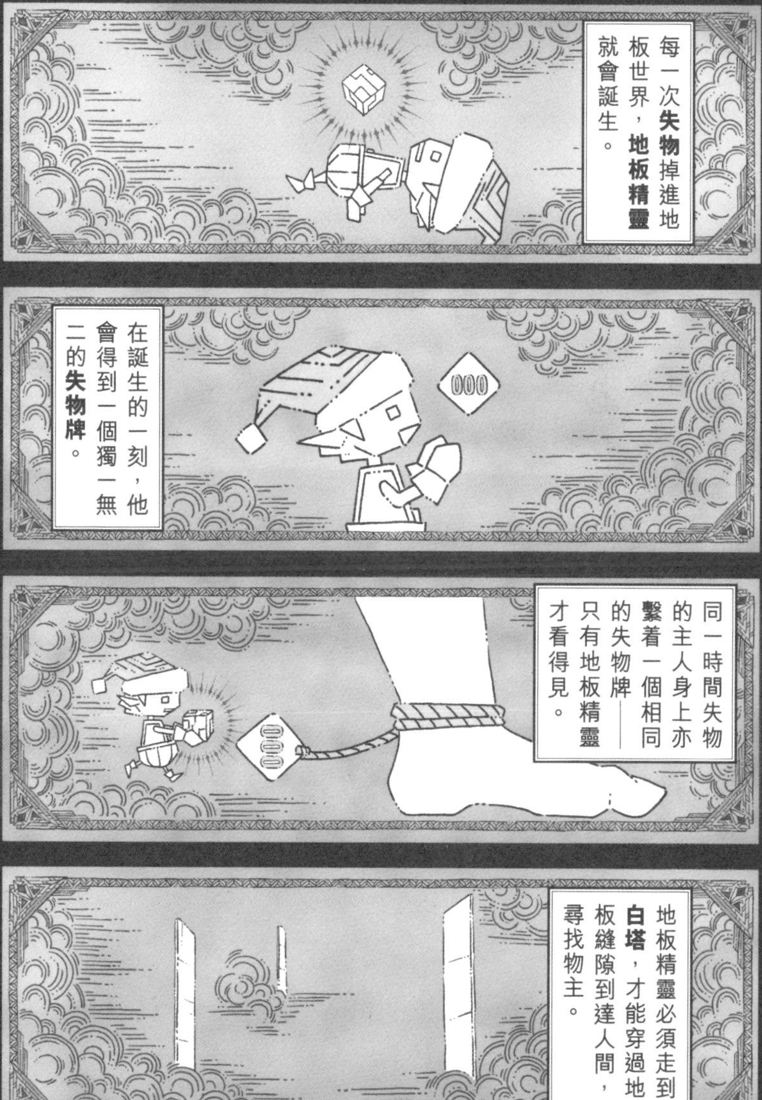
每一次**失物**掉進地板世界，**地板精靈**就會誕生。
在誕生的一刻，他會得到一個獨一無二的**失物牌**。
同一時間失物的主人身上亦繫着一個相同的失物牌——只有地板精靈才看得見。
地板精靈必須走到**白塔**，才能穿過地板縫隙到達人間，尋找物主。

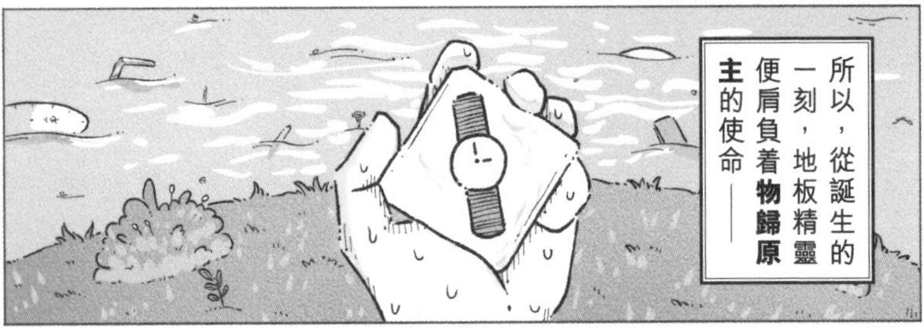
所以，從誕生的一刻，地板精靈便肩負着物歸原主的使命——

一個為此而生、死而後已的使命。

第3話

出發 · 堅持或執著

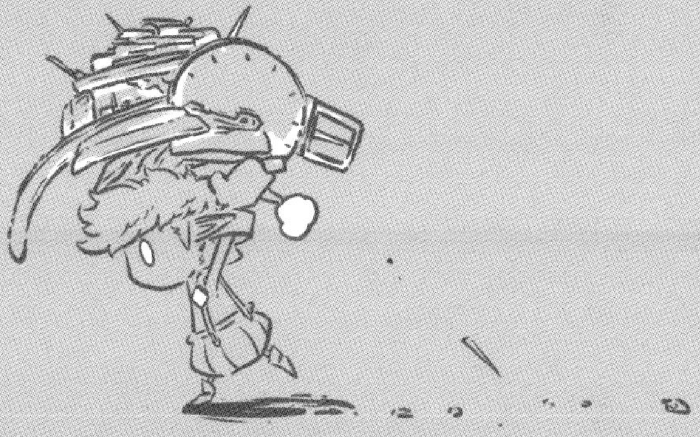

“是有意義的堅持，還是無謂的執著，
很快，他們就會找到自己的答案。
——山地精靈”

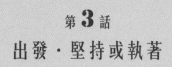

哎！怎麼辦？

叔叔，請問你知道哪裏有背包賣嗎？
請你幫幫忙，告訴我……求求你！
走開！別煩我！
就在這裏。

23

求你幫幫我。
這裏才是！
嘻嘻！

他還在……
叔叔！不是那裏啊！
求求你，我一定要將這些東西送到物主手上……
這小子真是太煩了！

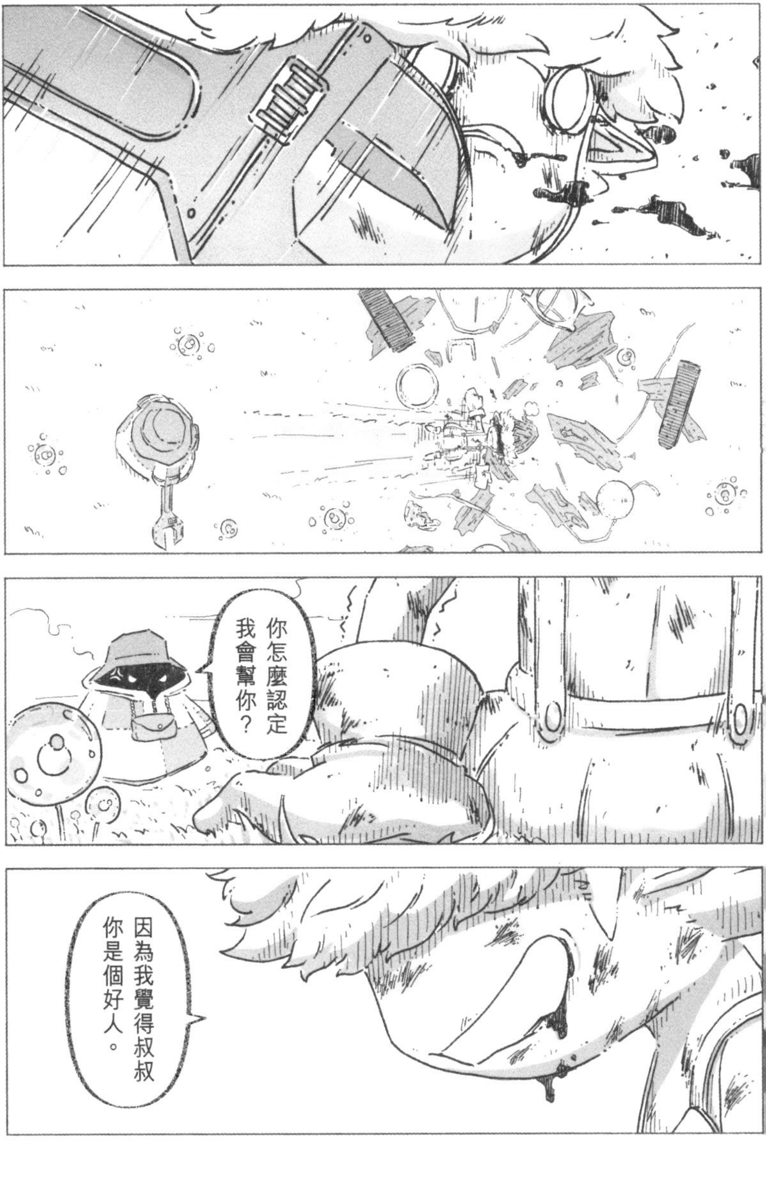
你怎麼認定我會幫你？
因為我覺得叔叔你是個好人。

這小子太單純，鍥而不捨卻帶點傻勁，或者，我應該幫他一把。
畢竟，地板精靈的命途多變，不像我們山地精靈……

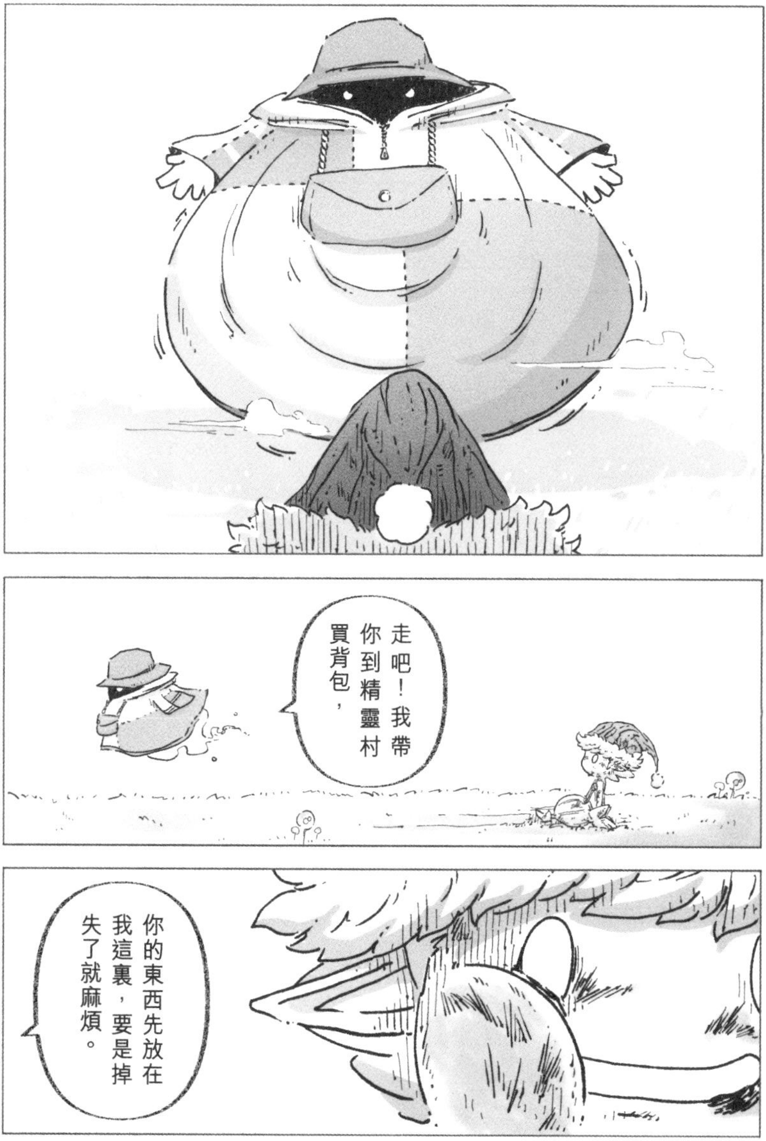
走吧！我帶你到精靈村買背包，
你的東西先放在我這裏，要是掉失了就麻煩。

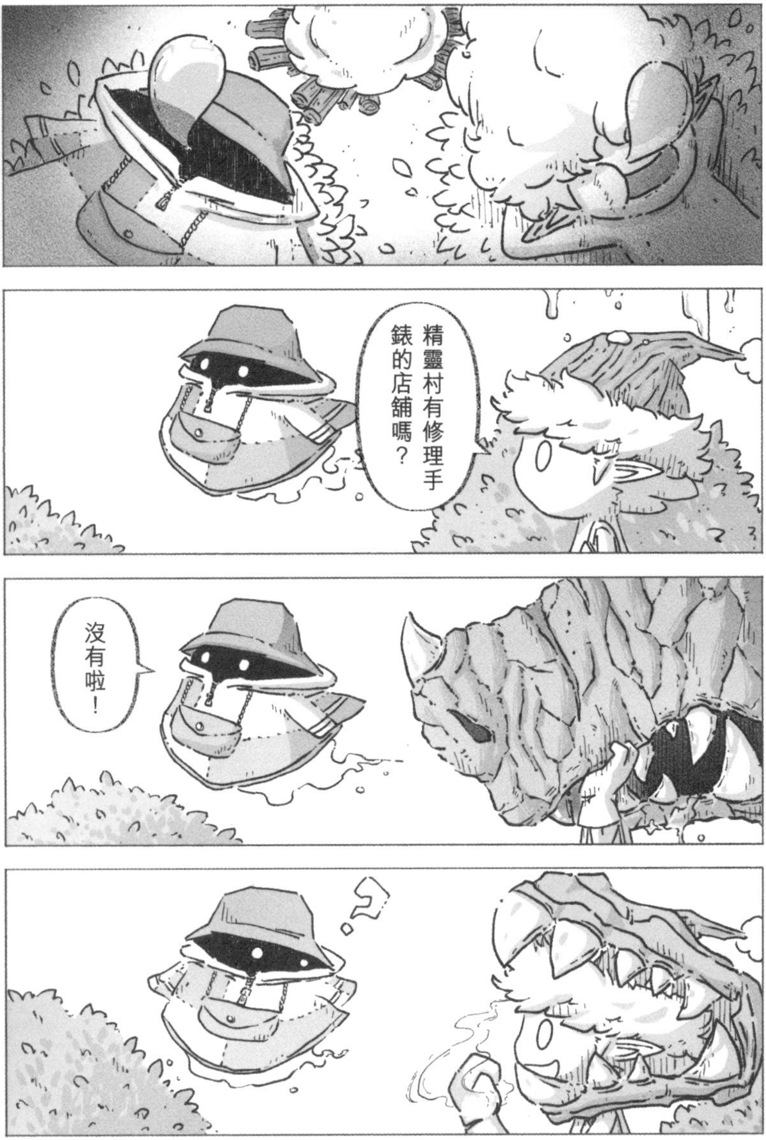
精靈村有修理手錶的店舖嗎？
沒有啦！

塩

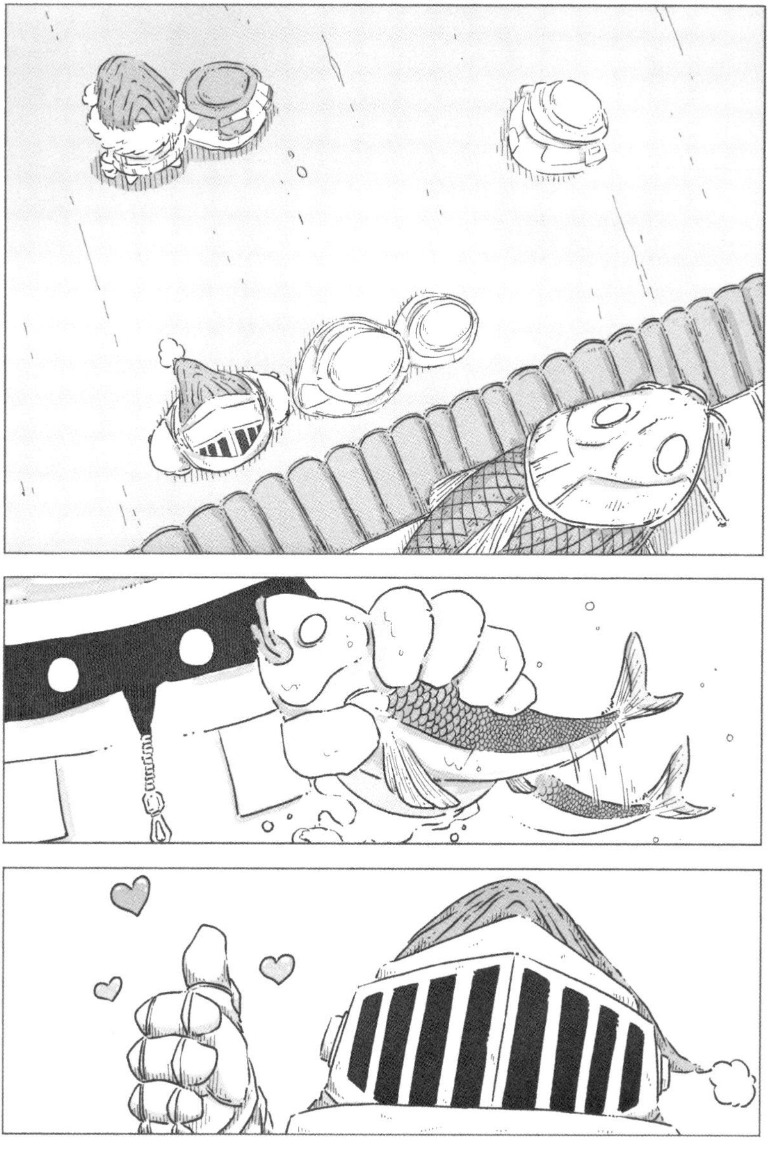

在精靈村買東西或使用服務，都得以精靈葉作交易。

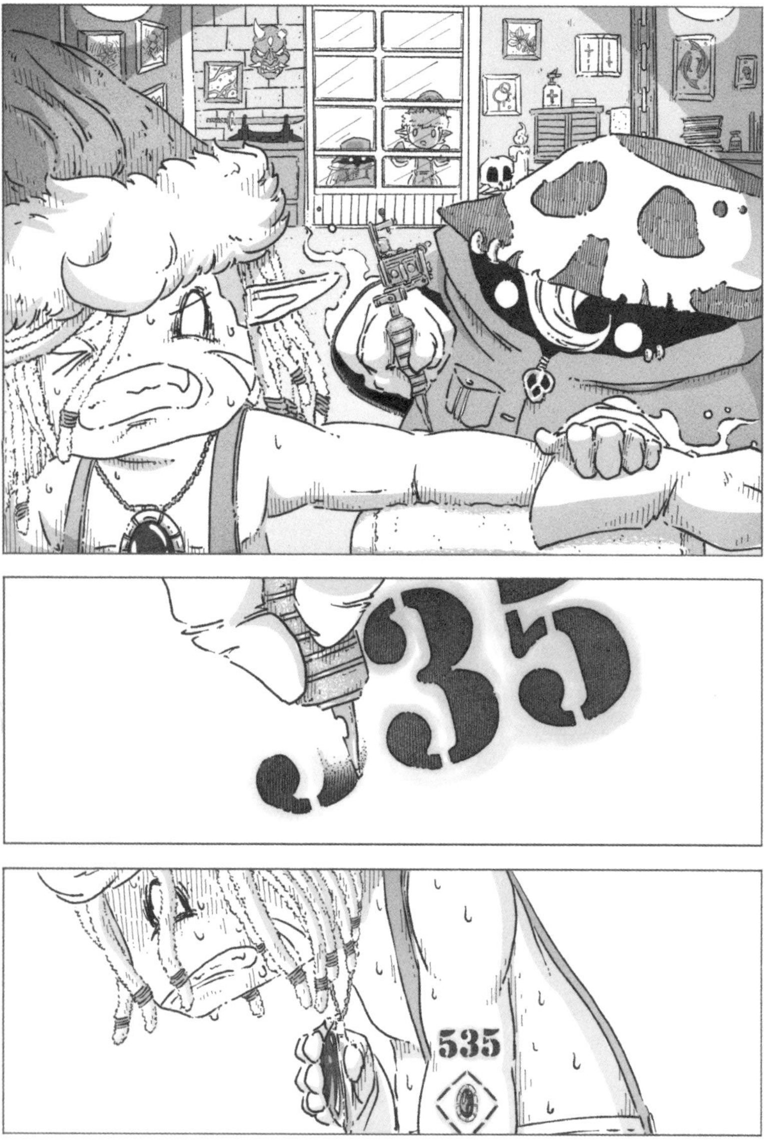
535
535

只是將失物送還物主，有需要這樣嗎？
走吧！
失物會影響地板精靈的身體狀況，加上往白塔的路上或
會遇上險阻，有些地板精靈怕自己不小心
丟掉失物牌，就拜託我們將失物圖案和號碼紋在身上。

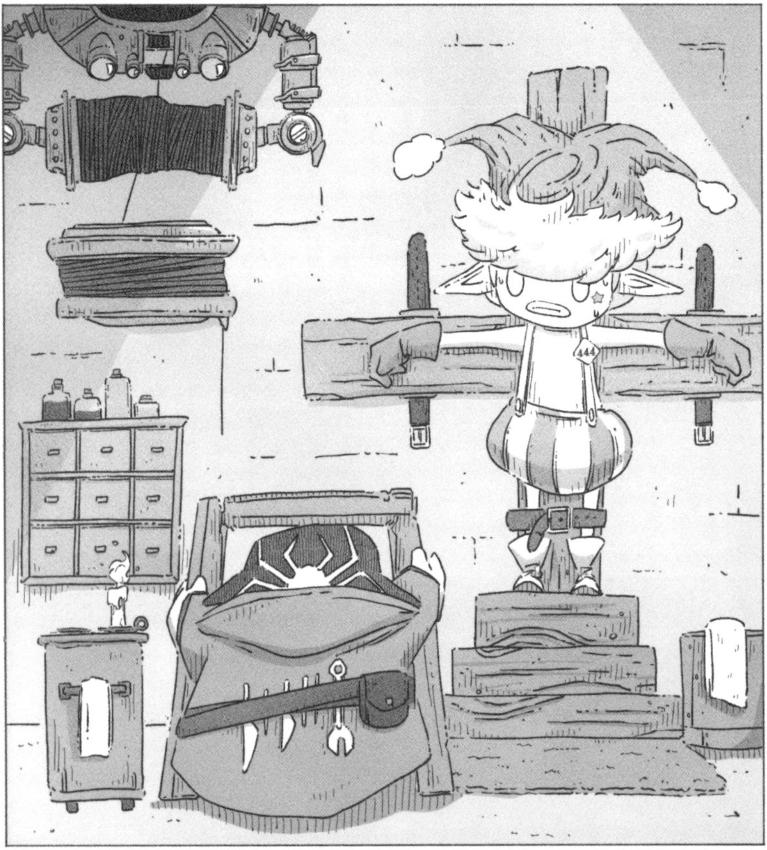
444

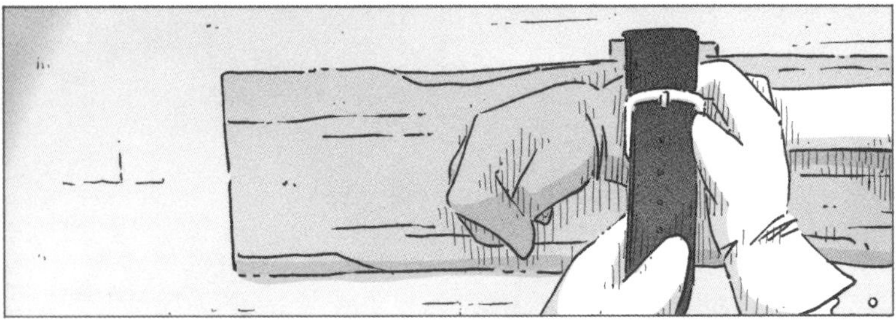

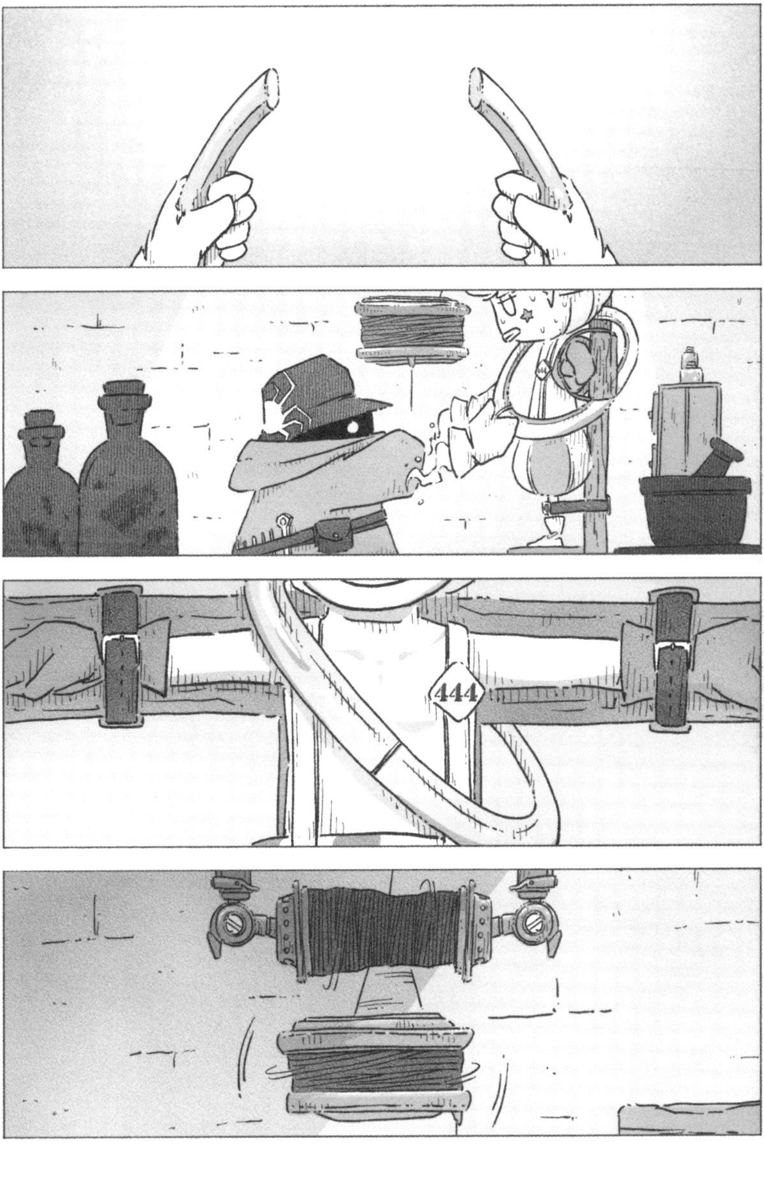
444

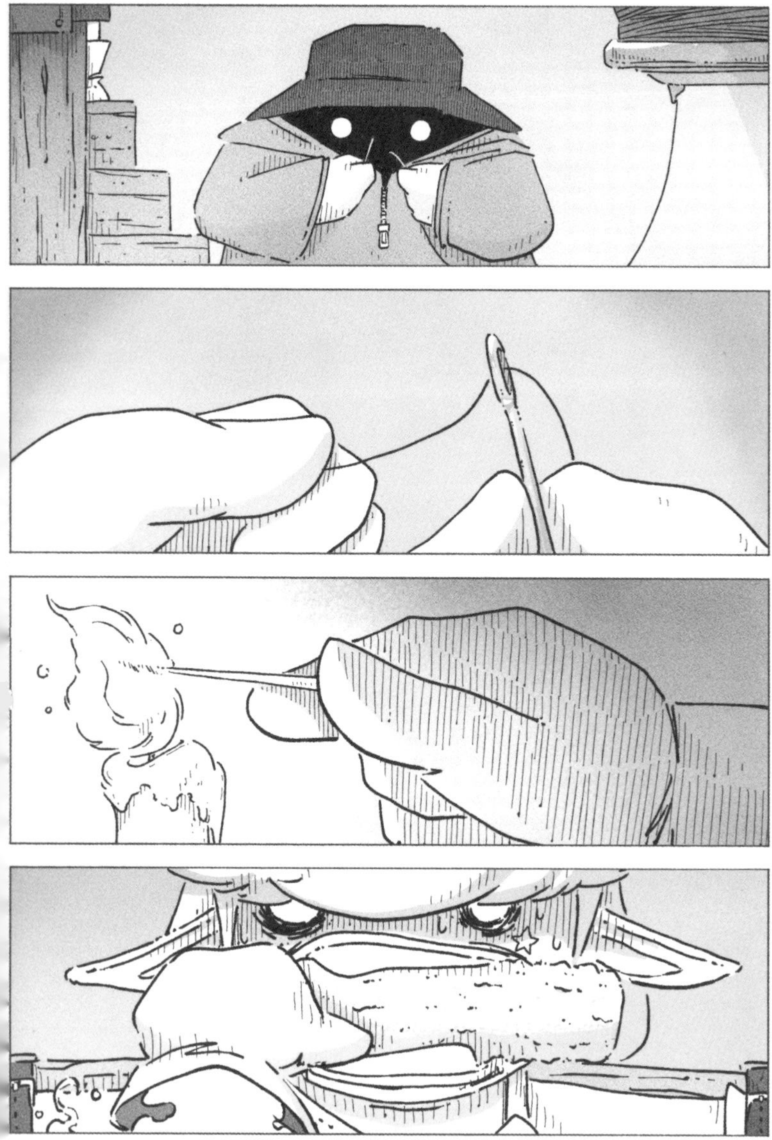

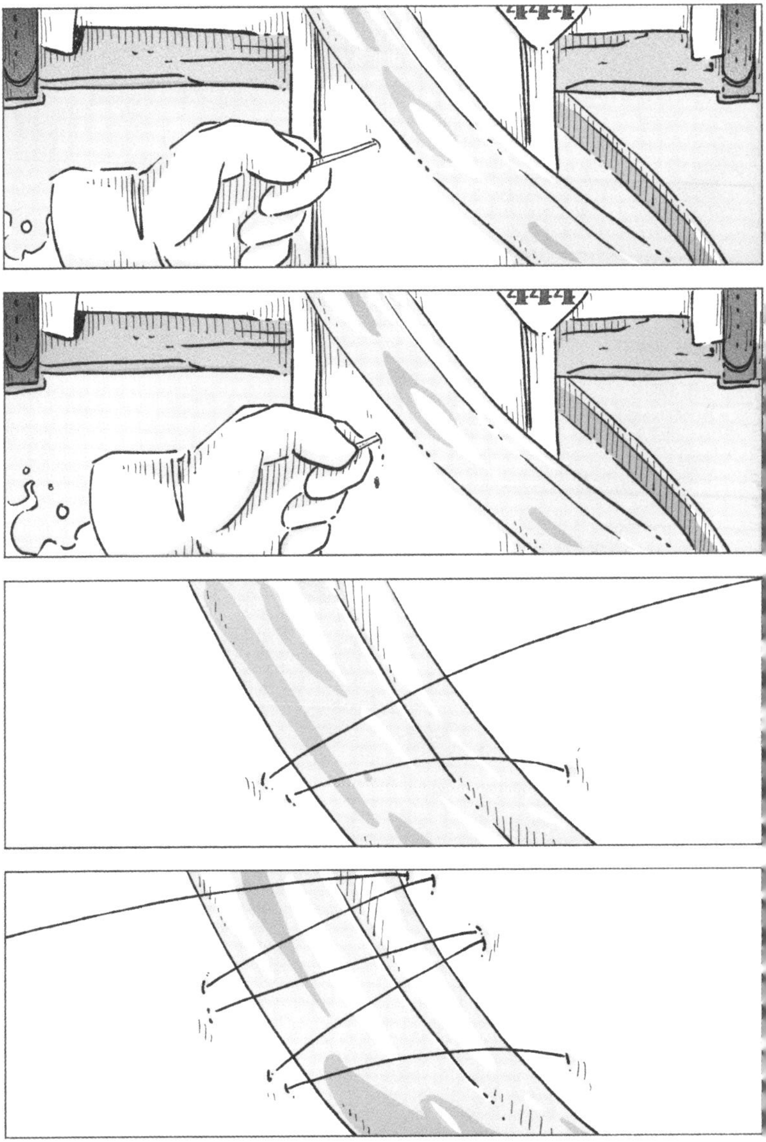

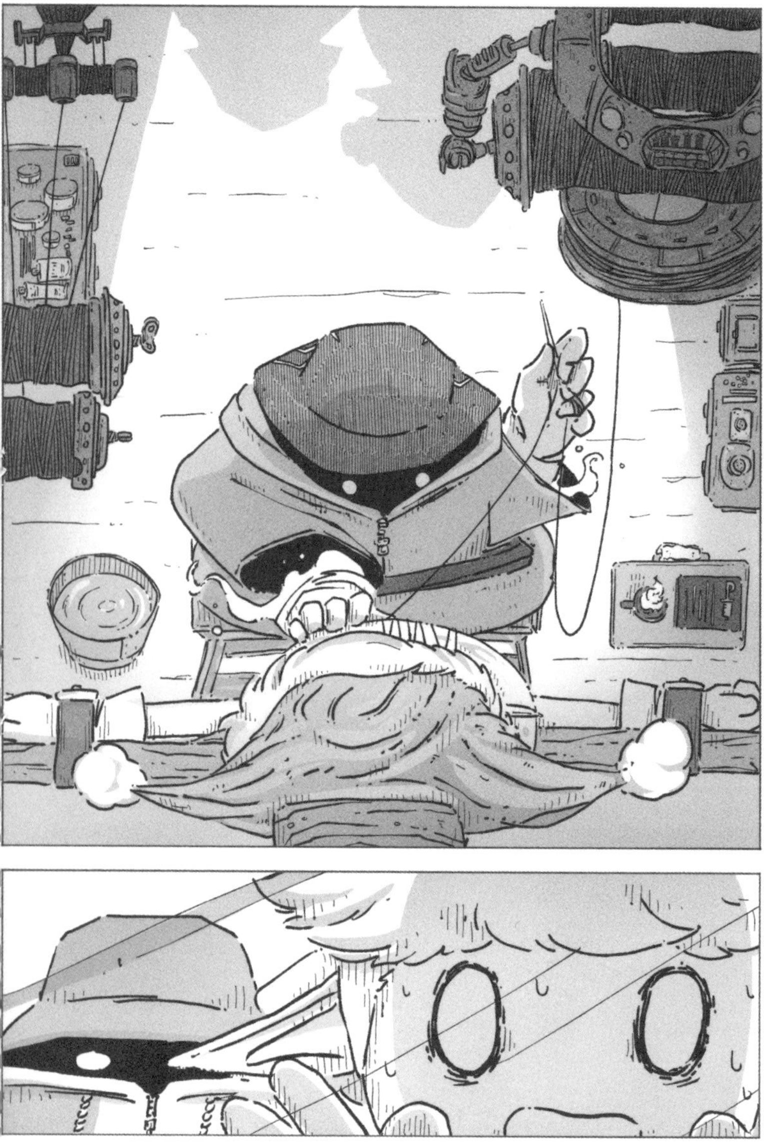

他……
有些地板精靈害怕失物被兇靈搶走，會將失物縫在身上。
兇靈？哪是甚麼？
一些會搶走失物並殺害地板精靈的怪物。

搶失物？
殺精靈？
為甚麼要這樣？
難道我可能無法
送回失物？

OPEN

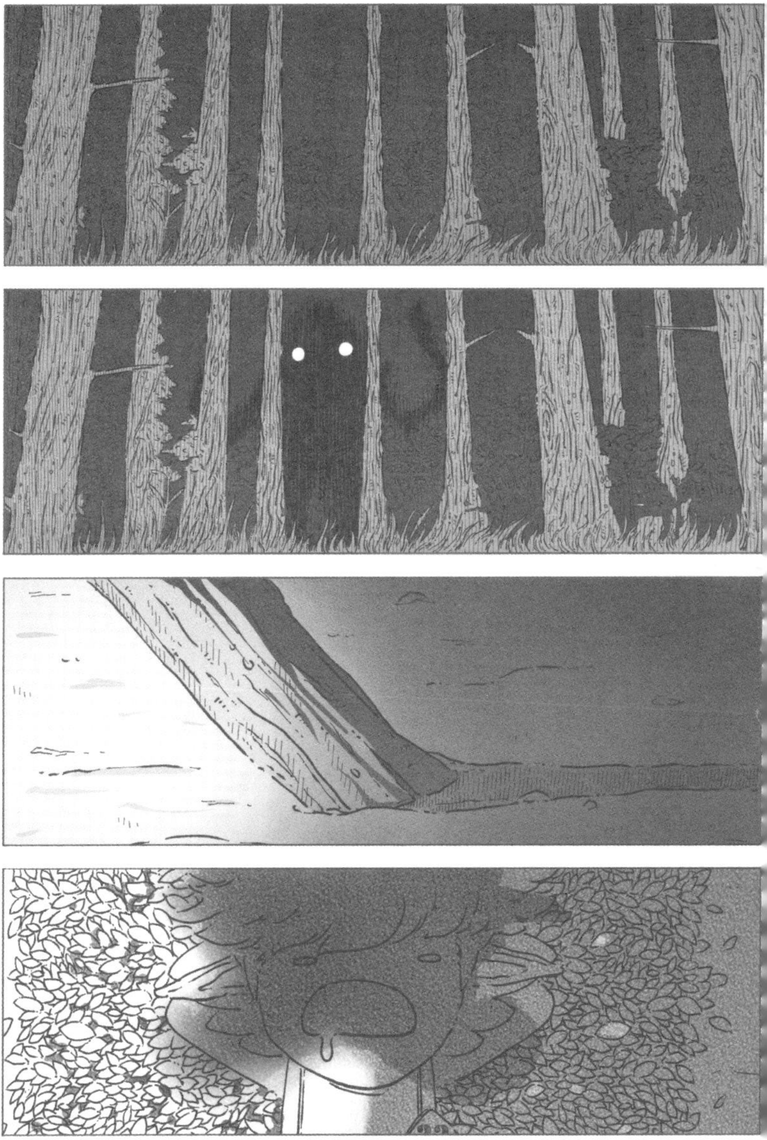

這個指環……

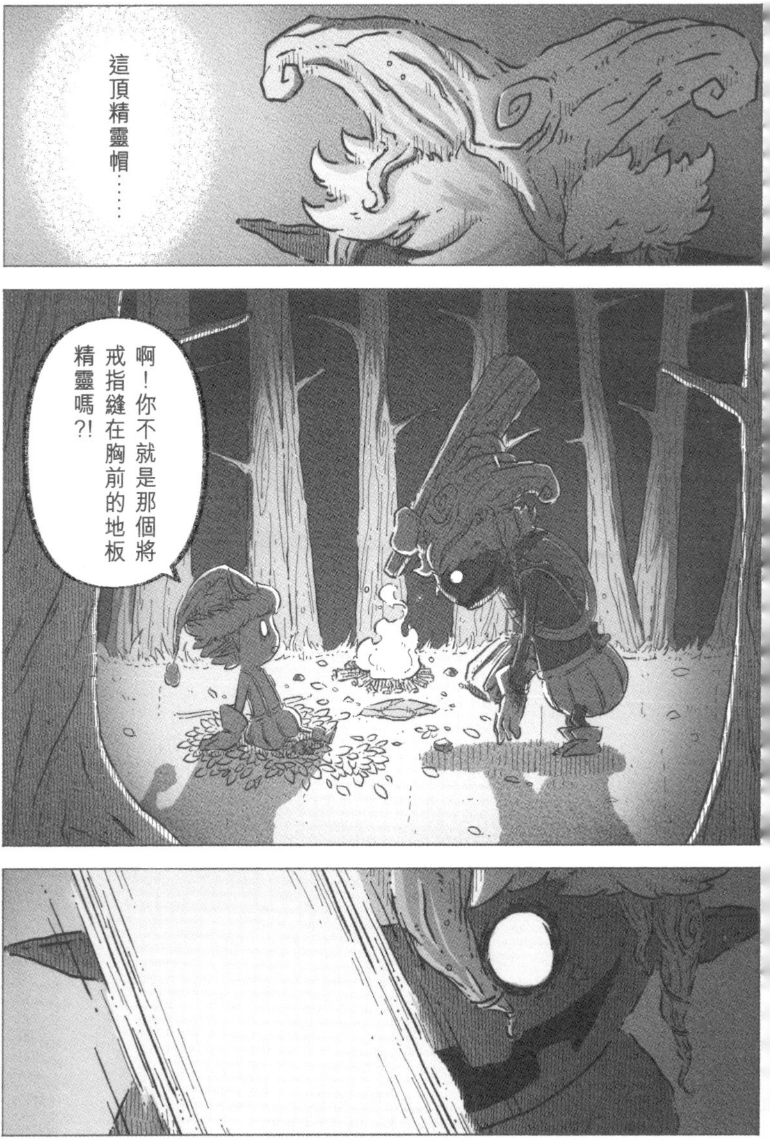
這頂精靈帽……
啊！你不就是那個將戒指縫在胸前的地板精靈嗎?!

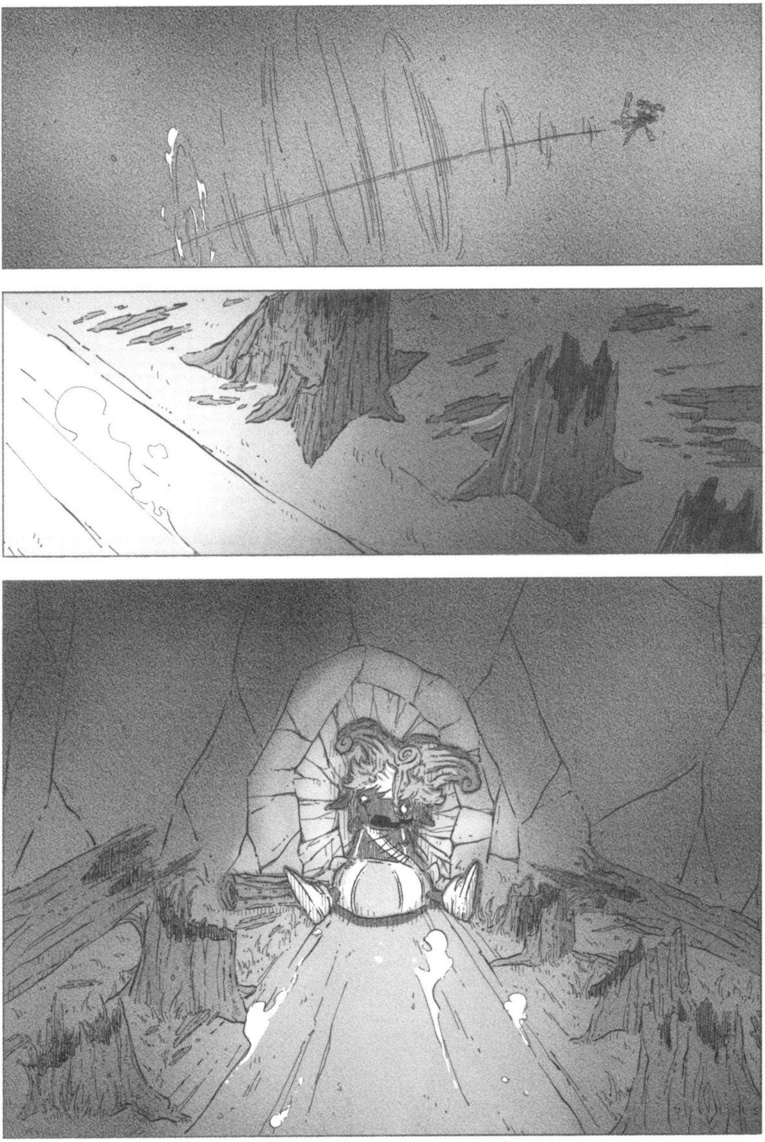

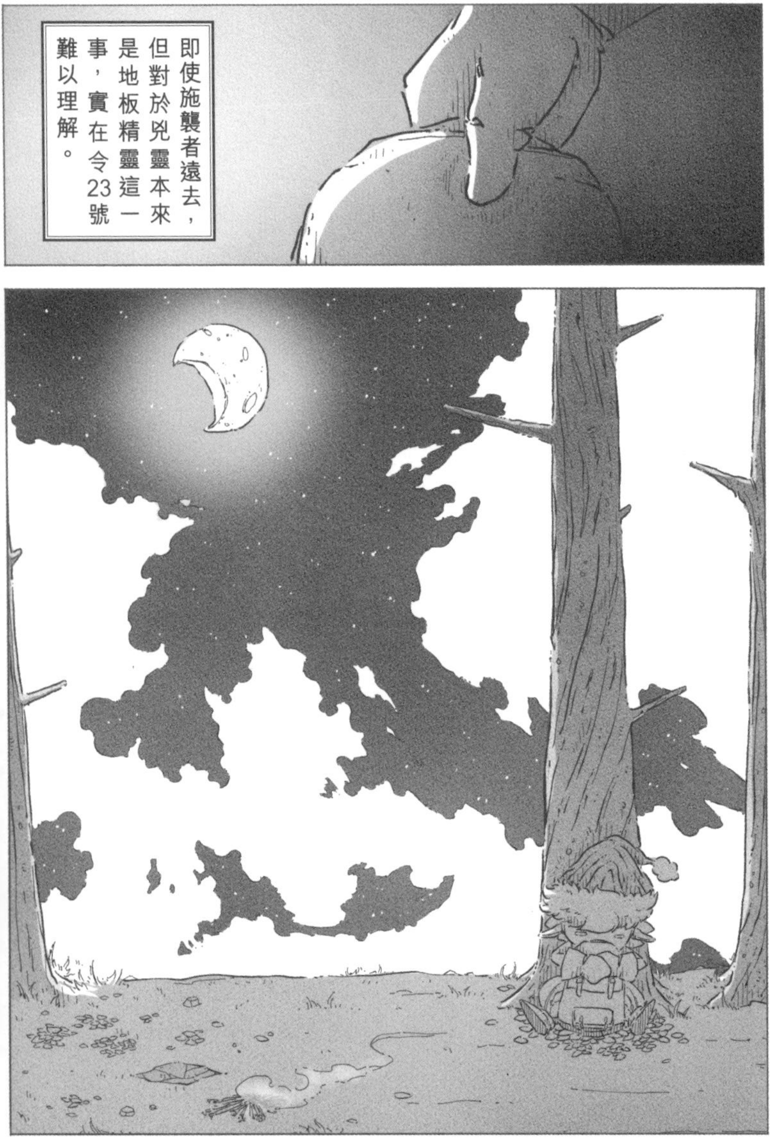
即使施襲者遠去，但對於兇靈本來是地板精靈這一事，實在令23號難以理解。

第4話
選擇・善惡之間

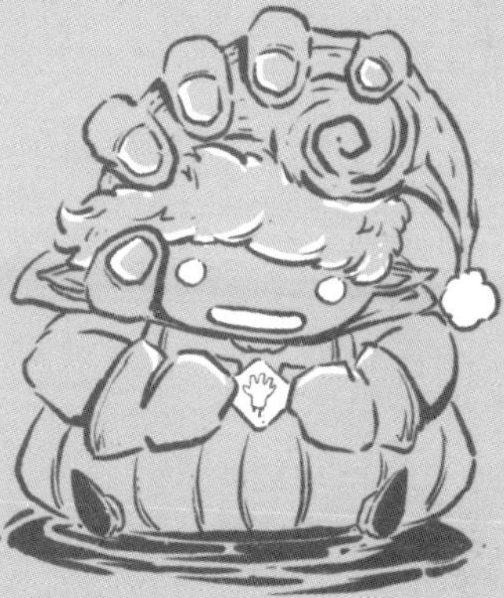

即或此路不通，仍然有很多可能，
或許可以再選擇一次。

——廠長

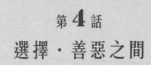

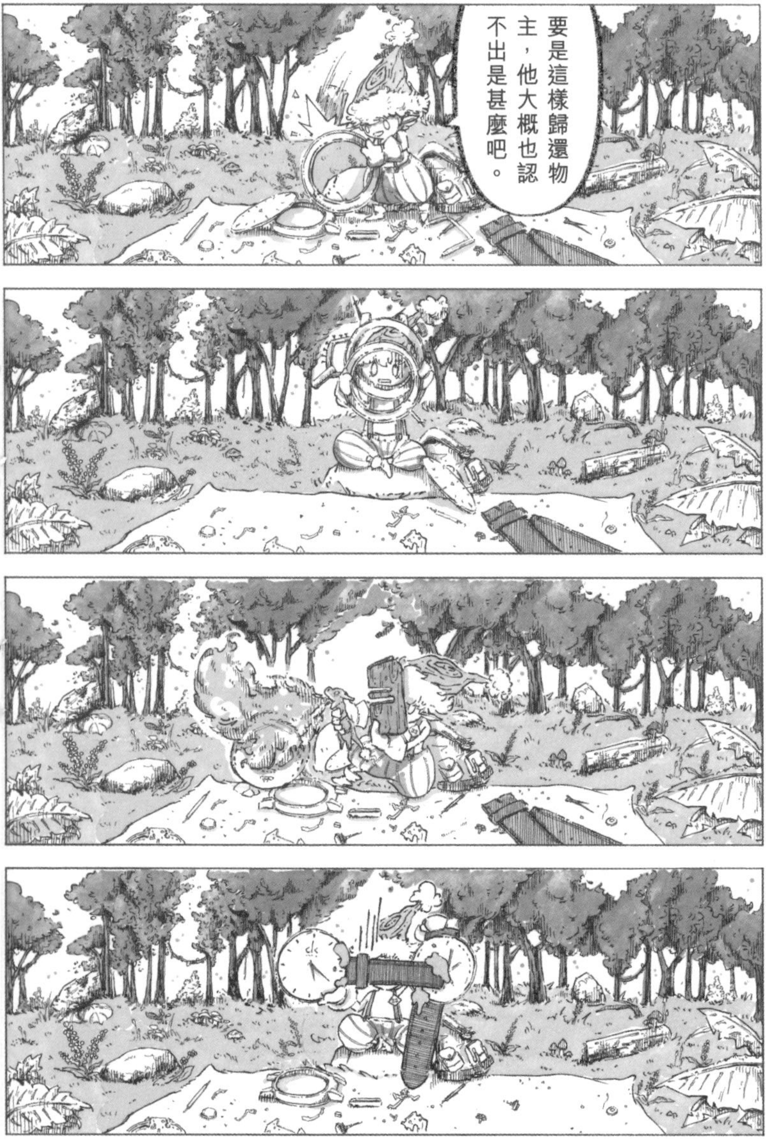
要是這樣歸還物主，他大概也認不出是甚麼吧。

Repair

Repair
Repair

01
Repair

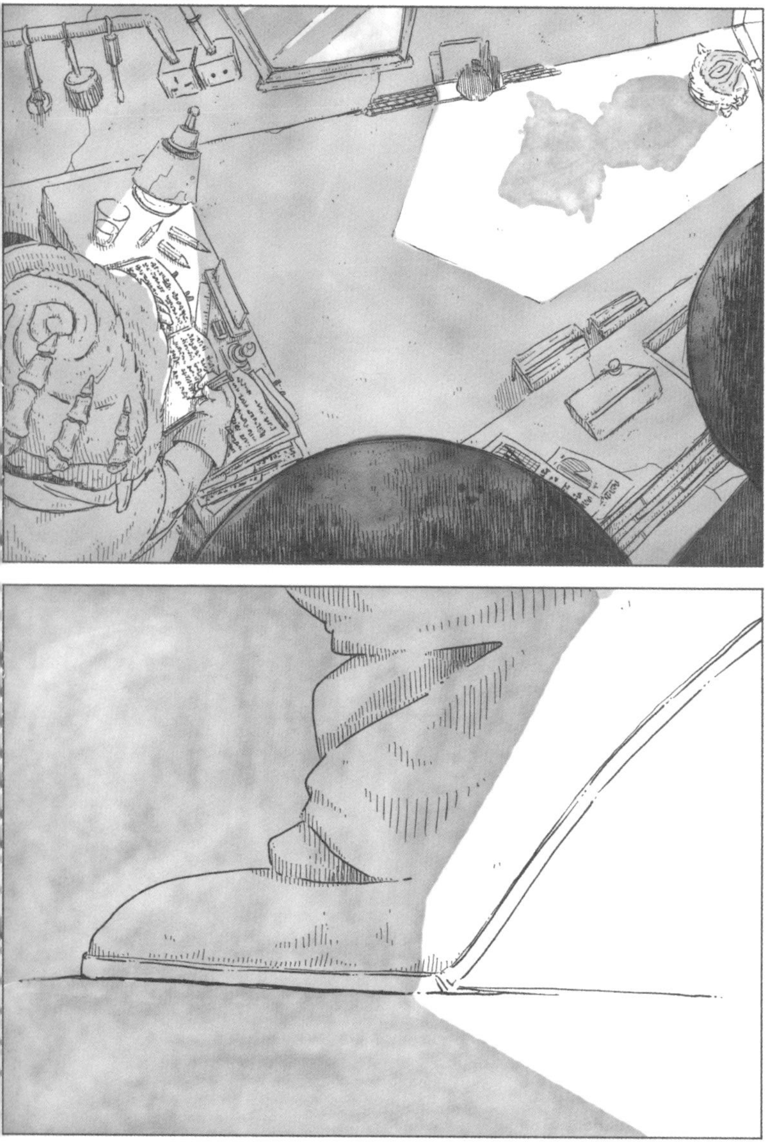

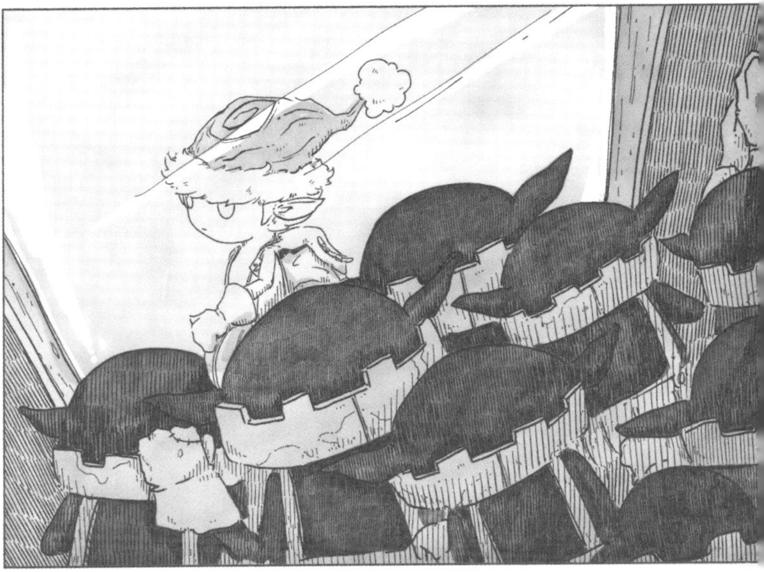
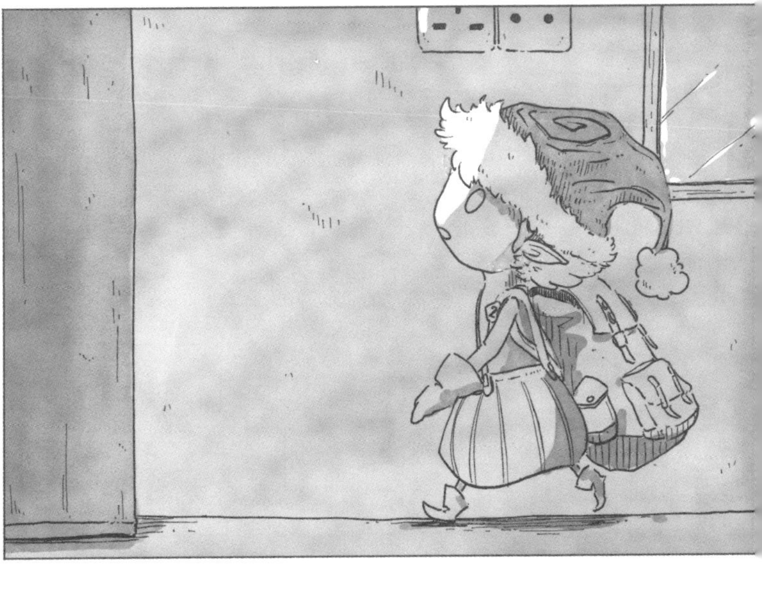

廠長

要修理甚麼？
手錶。
要等一日喔。
沒問題！
十五塊精靈葉。明天早上應該可以完成，到時你再來吧！

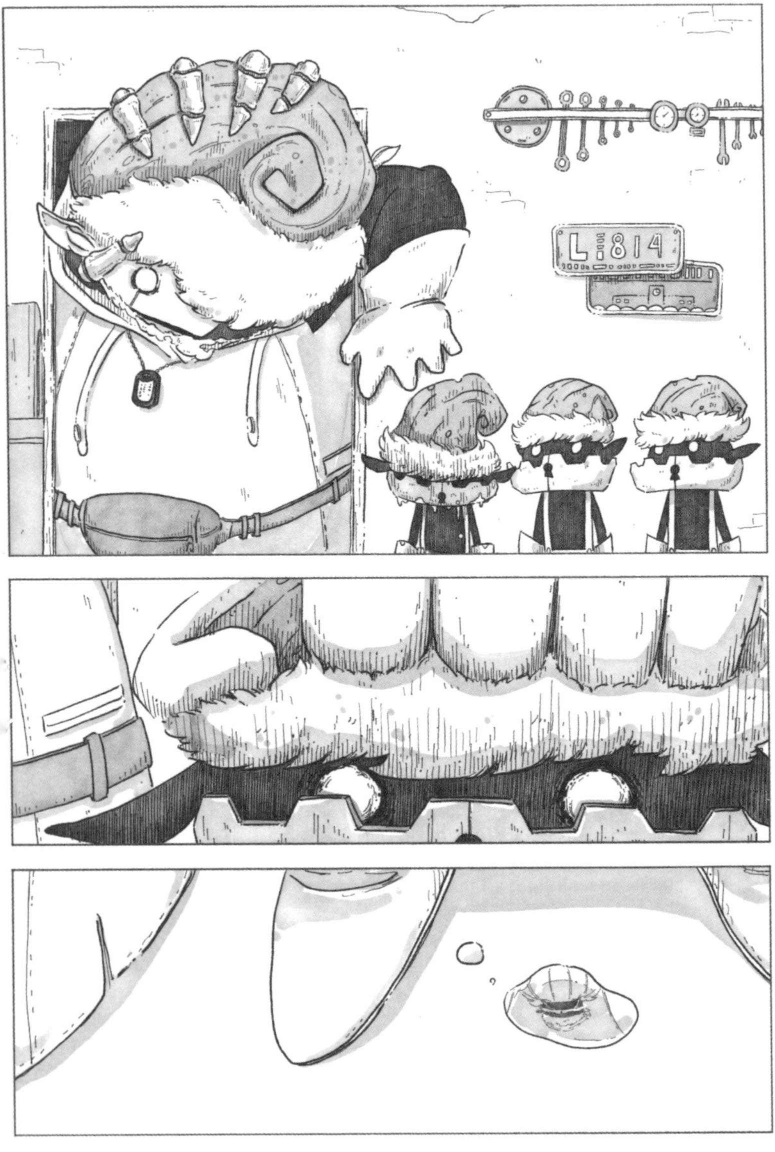

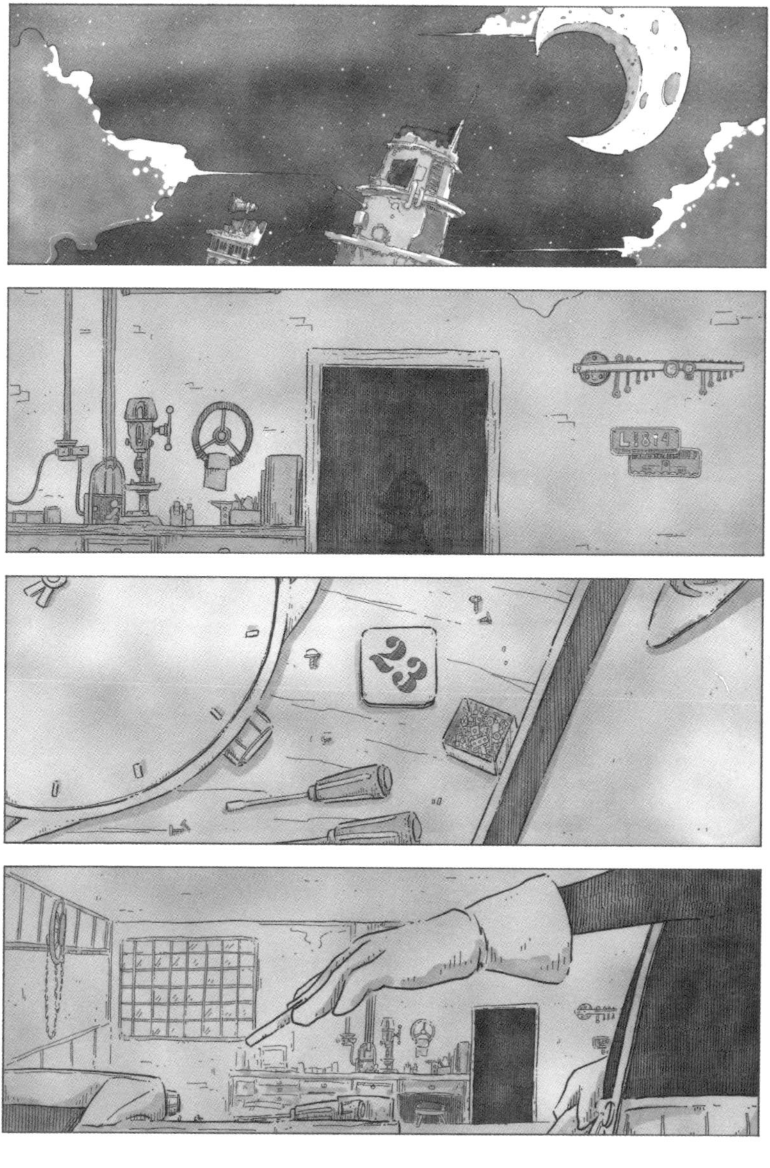
23

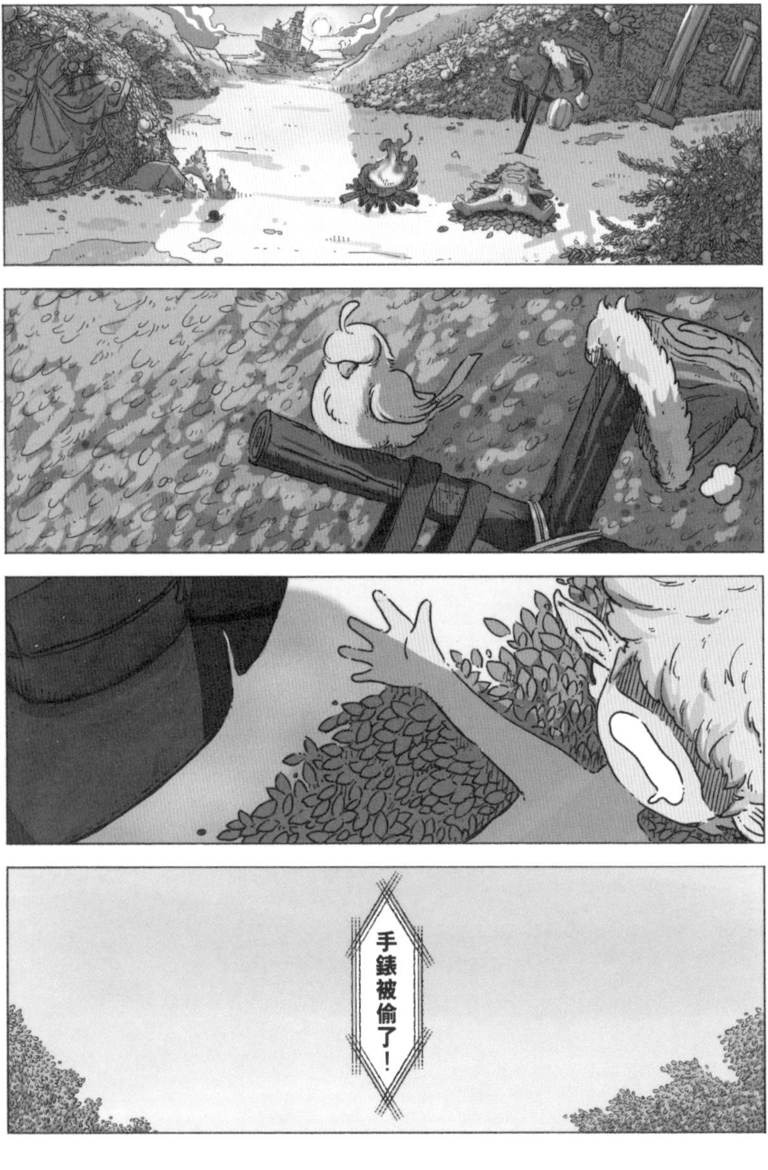
手錶被偷了！

失火了！
開飯了！
我已經派了下屬去尋找偷走手錶的兇靈，我們就在這兒等吧。
對了，兇靈跟我一樣都是地板精靈嗎？

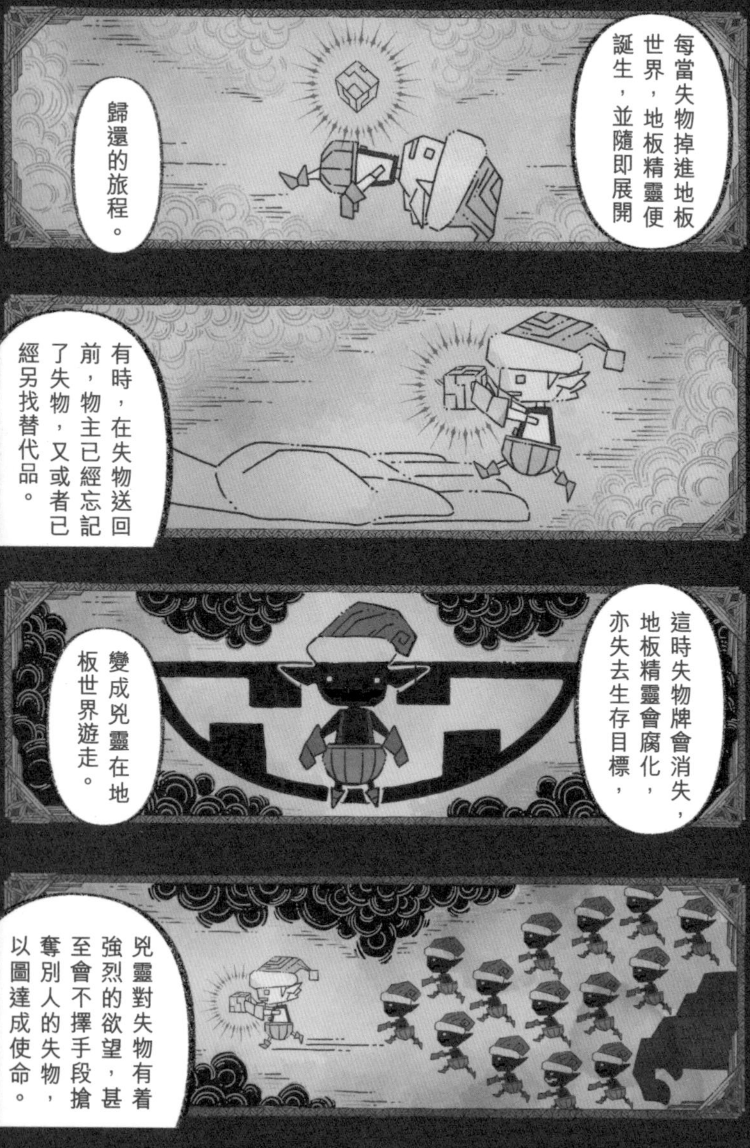
每當失物掉進地板世界，地板精靈便誕生，並隨即展開
歸還的旅程。
有時，在失物送回前，物主已經忘記了失物，又或者已經另找替代品。
這時失物牌會消失，地板精靈會腐化，亦失去生存目標，
變成兇靈在地板世界遊走。
兇靈對失物有着強烈的欲望，甚至會不擇手段搶奪別人的失物，以圖達成使命。

原來，廠長看到這樣不堪的循環，又深知自己永遠無法將失物送還物主，
於是毅然買下一只廢船，開設工場，聘請兇靈協助修理失物。
Repair
給予兇靈一個替代使命，也許能改變那無止境的搶奪、殺戮局面。

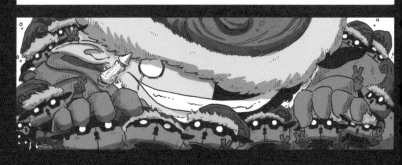

即是說，當物主放棄失物的同時，亦放棄了我們，而我們就被迫成為兇靈……

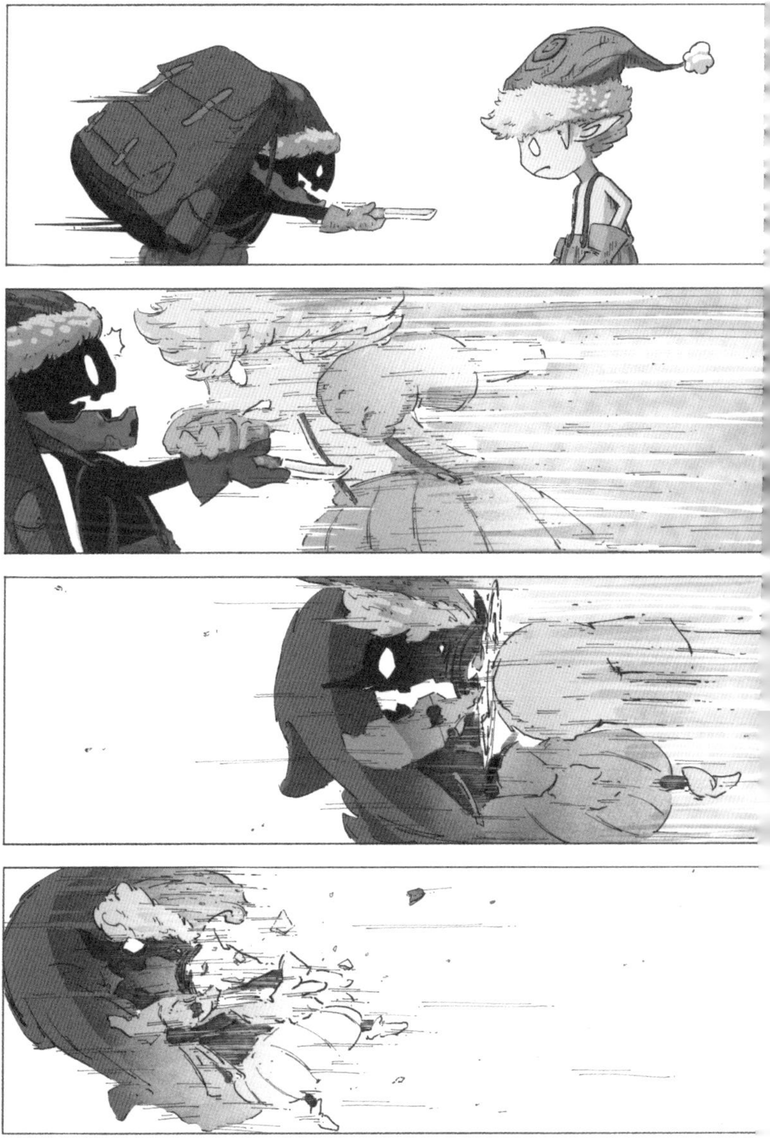

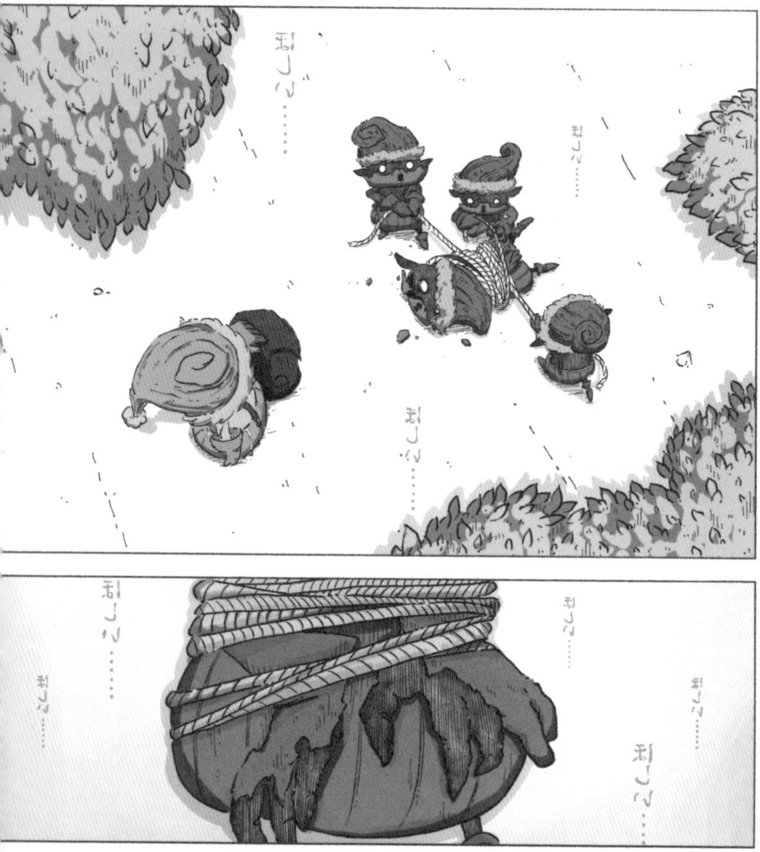
ほしい……
ほしい……
ほしい……
ほしい……
ほしい……
ほしい……
ほしい……
ほしい……

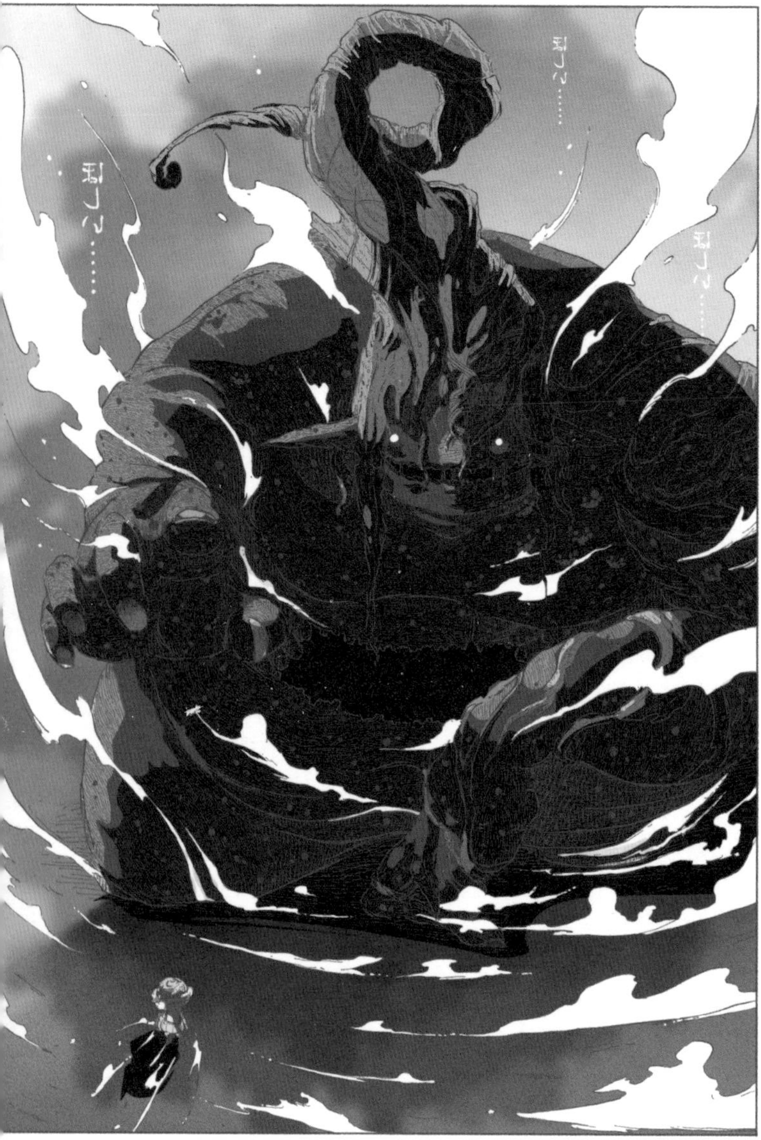

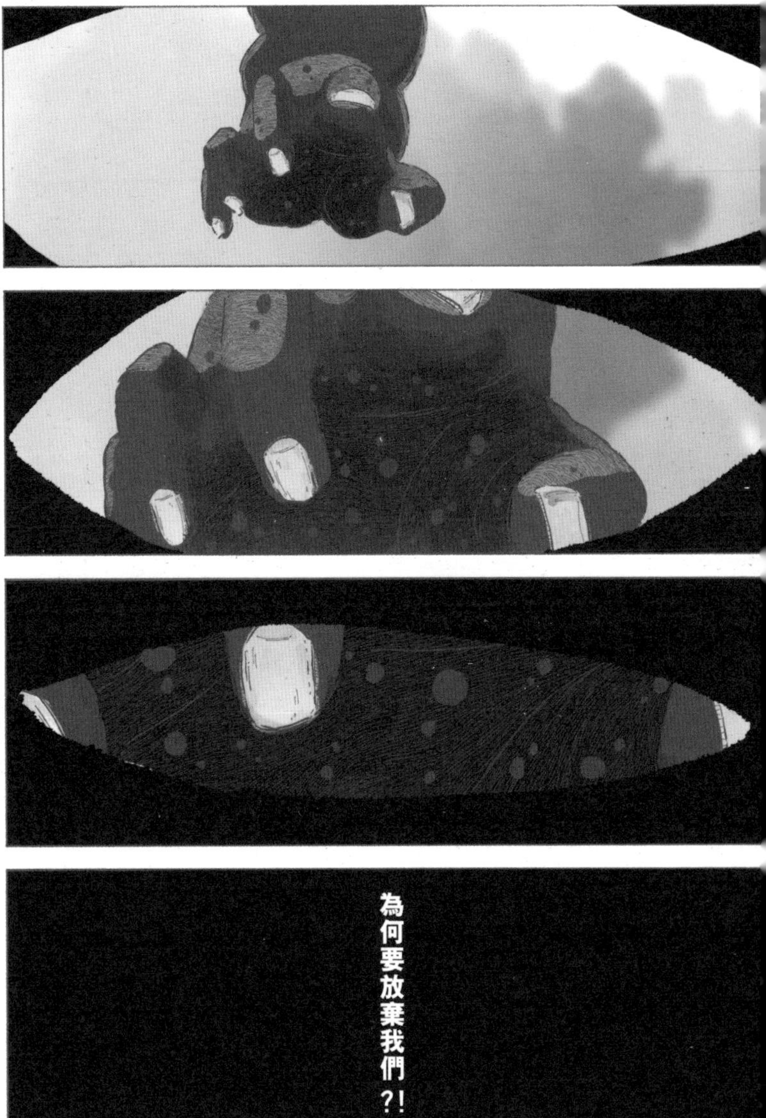
為何要放棄我們?!

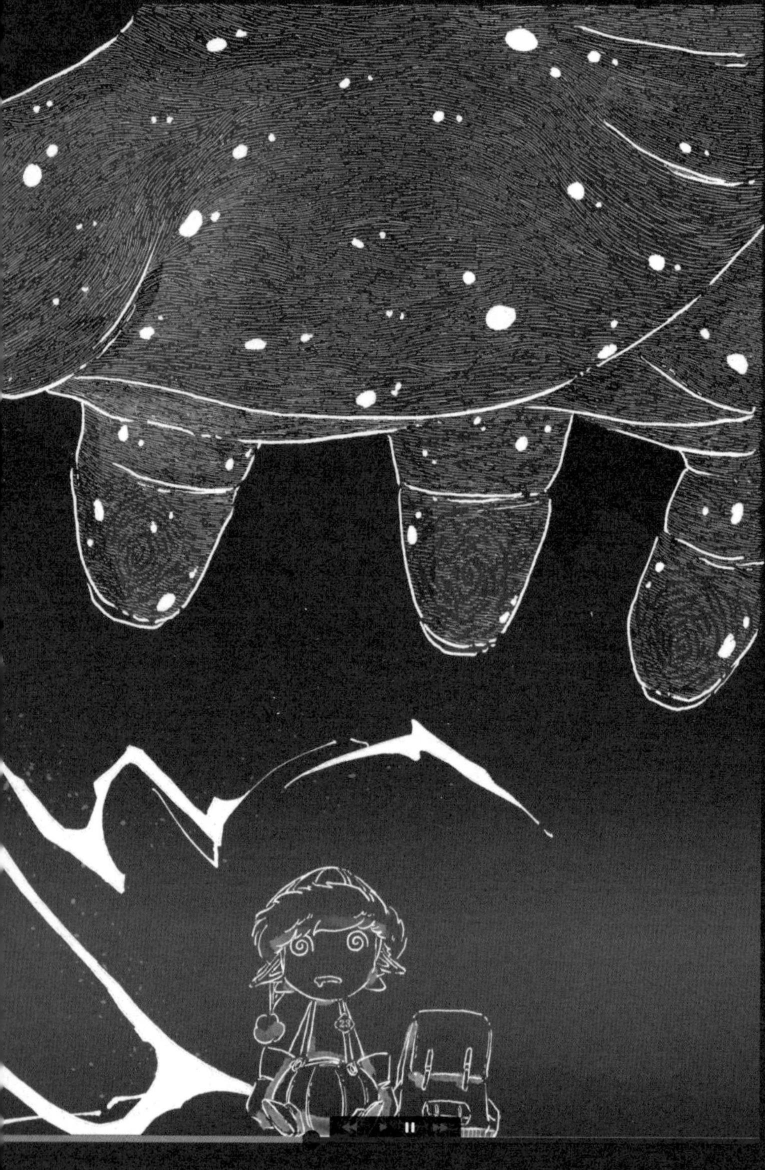

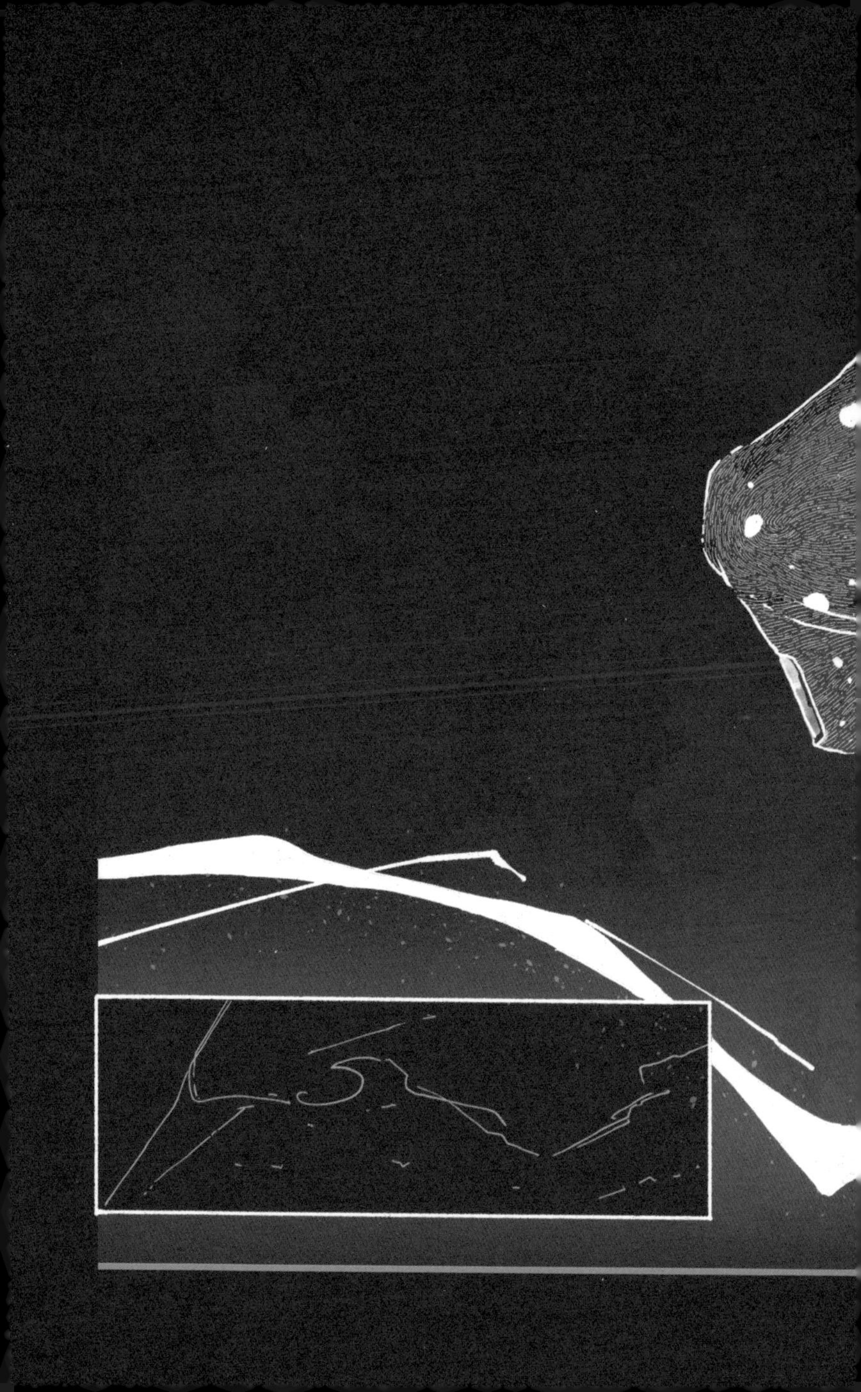

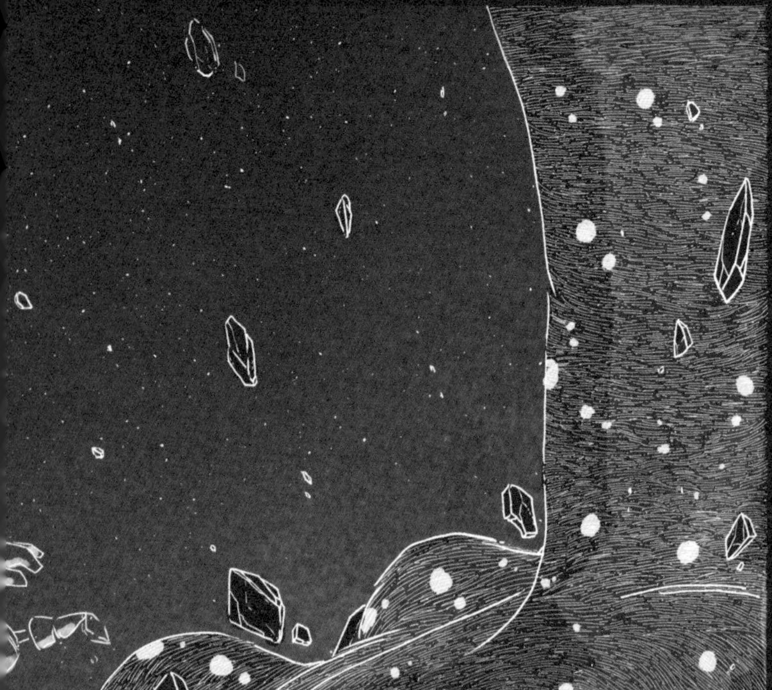

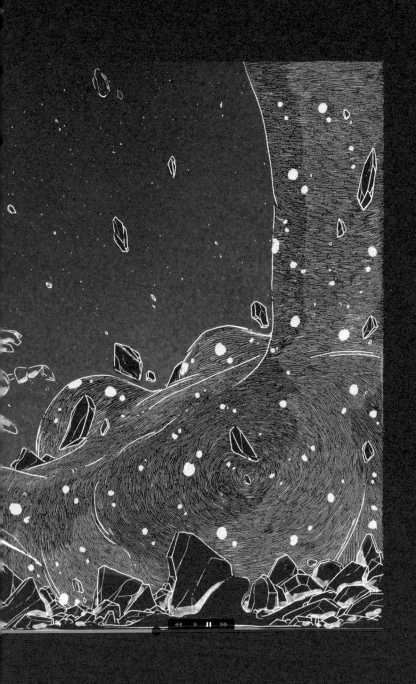

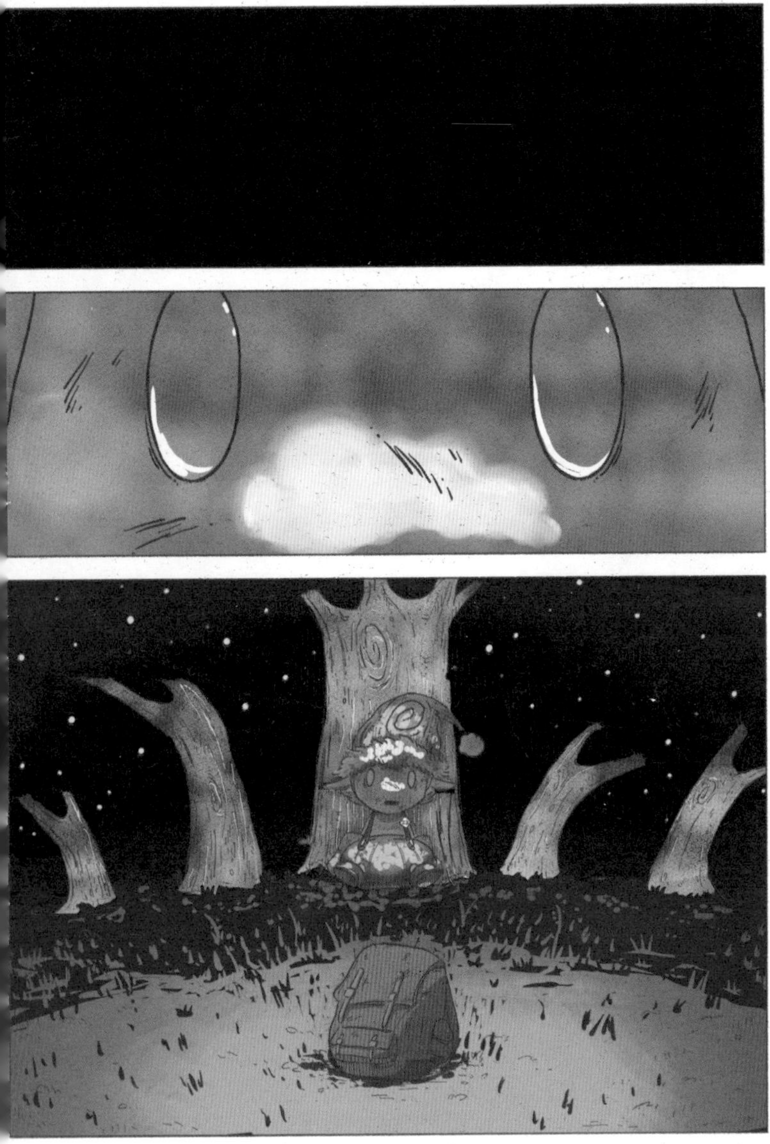

第5話
同伴・哭笑有時

“這麼多人同一時間失去這東西，我猜，他們一定遭遇了甚麼事，那我們更要努力物歸原主，我們不就是為此而出現嗎？

—— 609號”

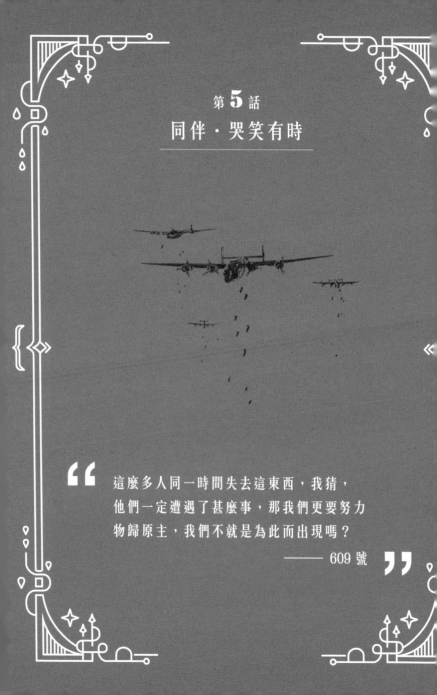

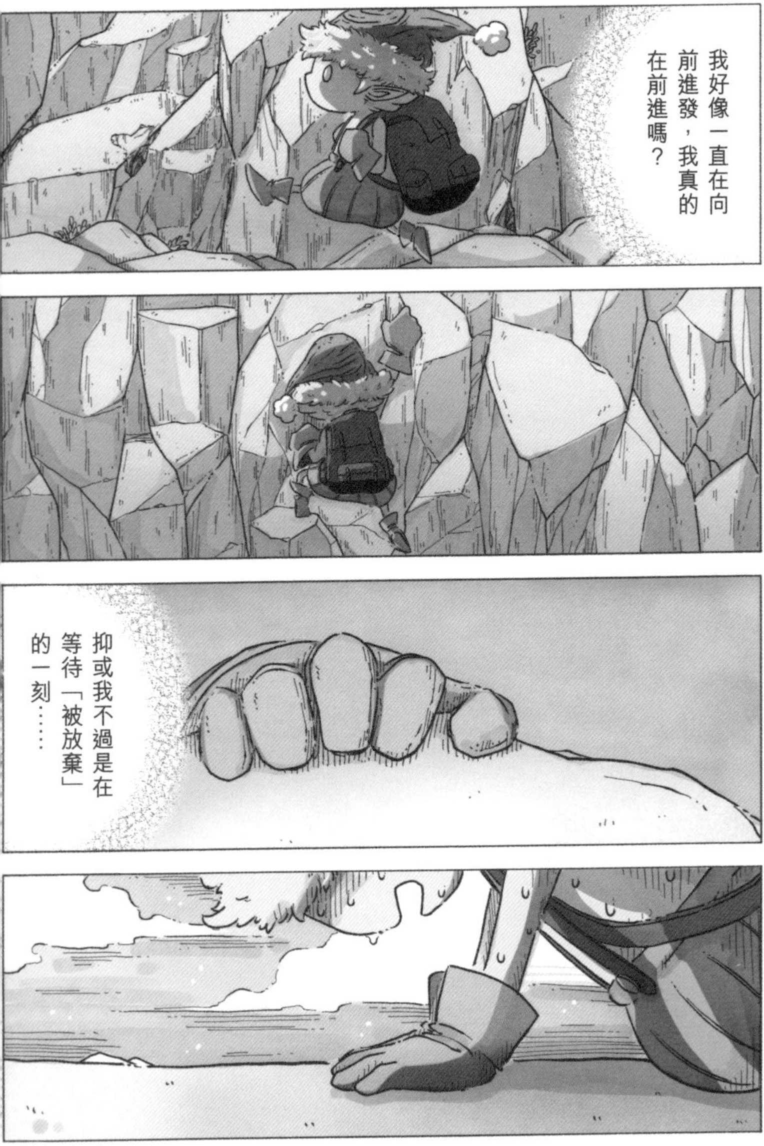
我好像一直在向前進發，我真的在前進嗎？
抑或我不過是在等待「被放棄」的一刻……

縱然心情沉重，但此刻黃昏白塔美景讓23號的心情稍稍得到舒解。

你沒事吧？

弄得一身泥濘的他們相視而笑，並決定結伴同行。

609

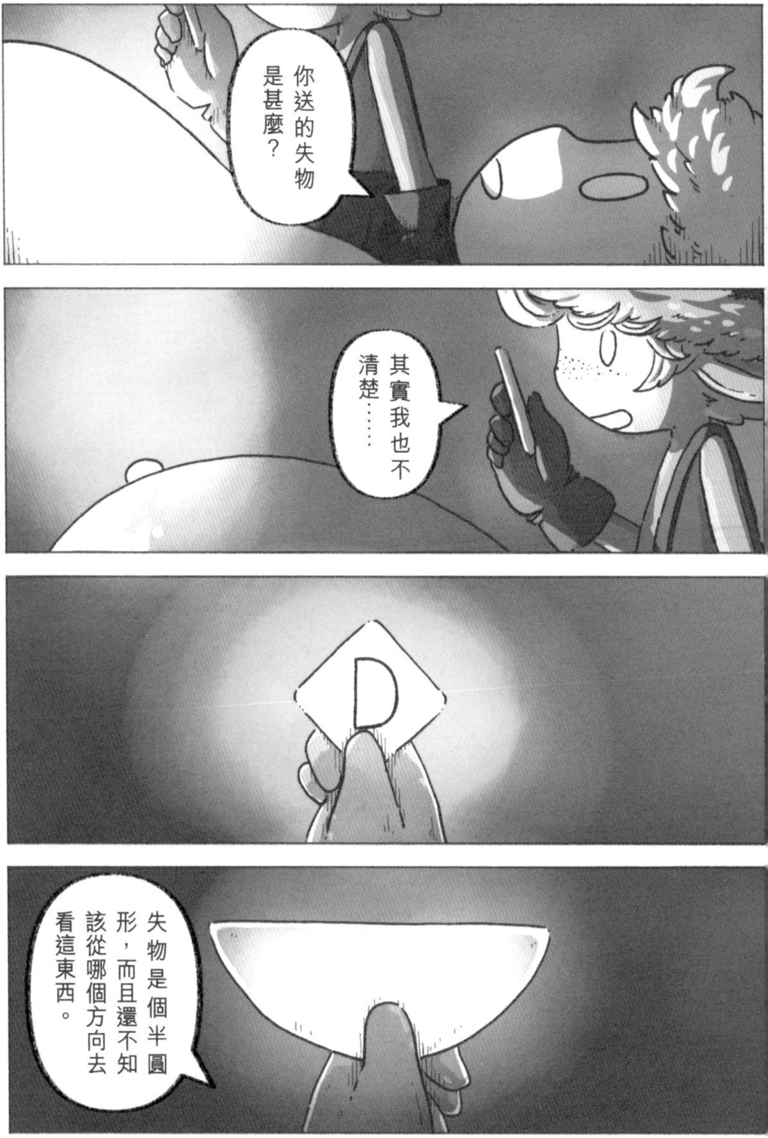
你送的失物
是甚麼？
其實我也不
清楚……
失物是個半圓
形，而且還不知
該從哪個方向去
看這東西。

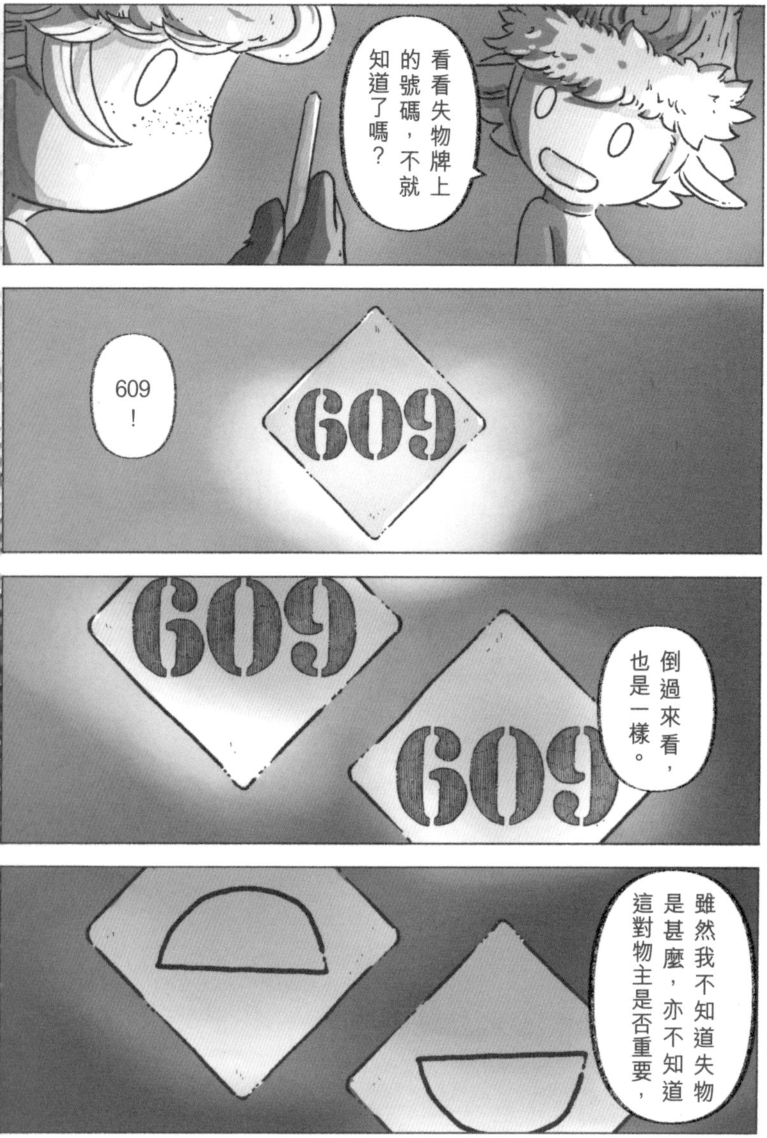

看看失物牌上的號碼，不就知道了嗎？
609！
倒過來看，也是一樣。
雖然我不知道失物是甚麼，亦不知道這對物主是否重要，

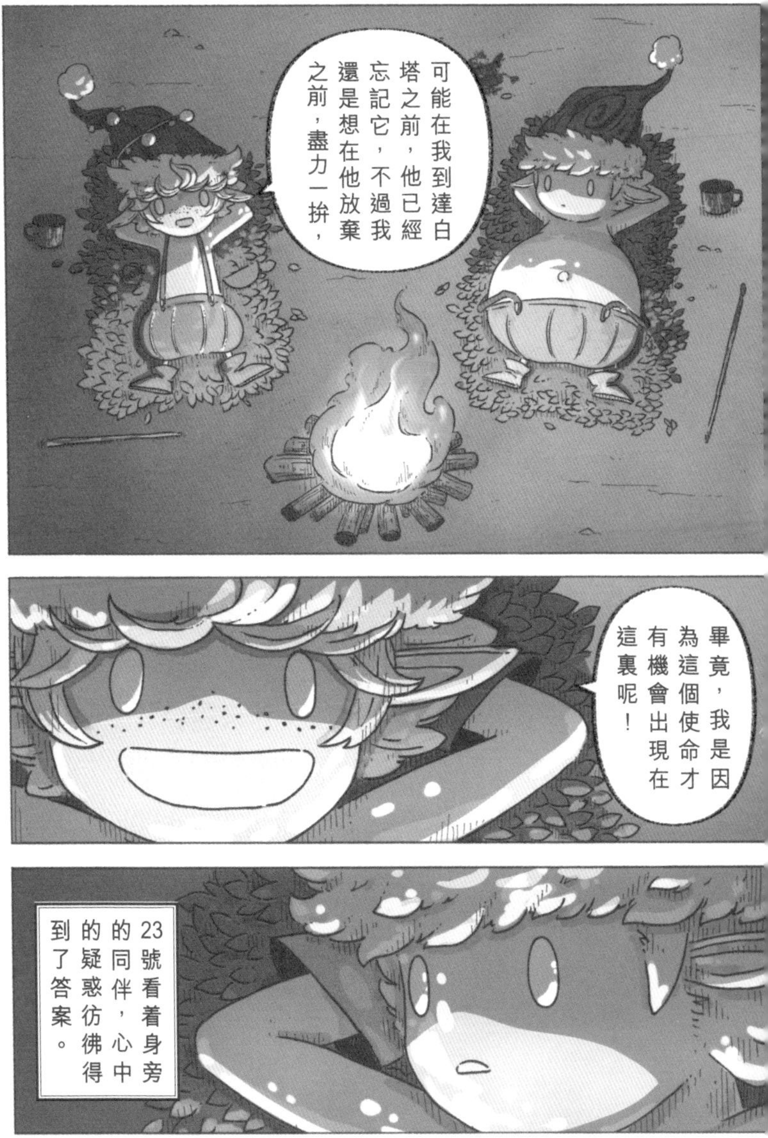
可能在我到達白塔之前，他已經忘記它，不過我還是想在他放棄之前，盡力一拚，
畢竟，我是因為這個使命才有機會出現在這裏呢！
23號看着身旁的同伴，心中的疑惑彷彿得到了答案。

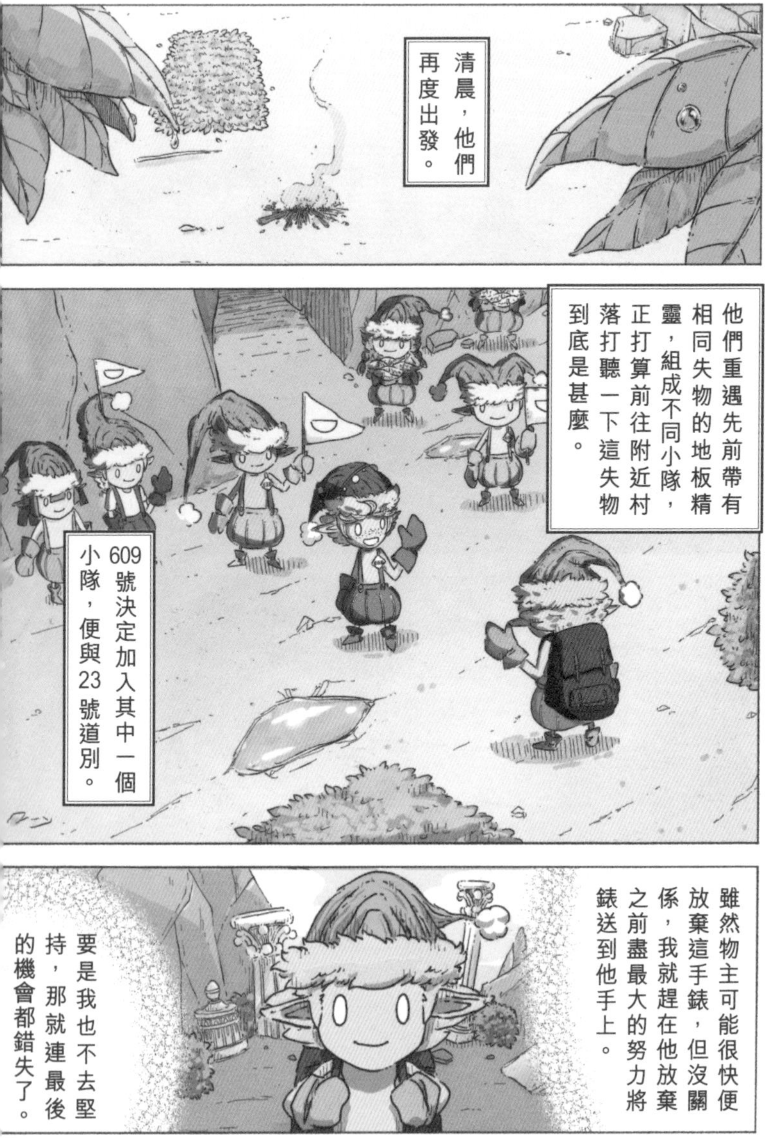
清晨，他們再度出發。
他們重遇先前帶有相同失物的地板精靈，組成不同小隊，正打算前往附近村落打聽一下這失物到底是甚麼。
609號決定加入其中一個小隊，便與23號道別。
雖然物主可能很快便放棄這手錶，但沒關係，我就趕在他放棄之前盡最大的努力將錶送到他手上。
要是我也不去堅持，那就連最後的機會都錯失了。

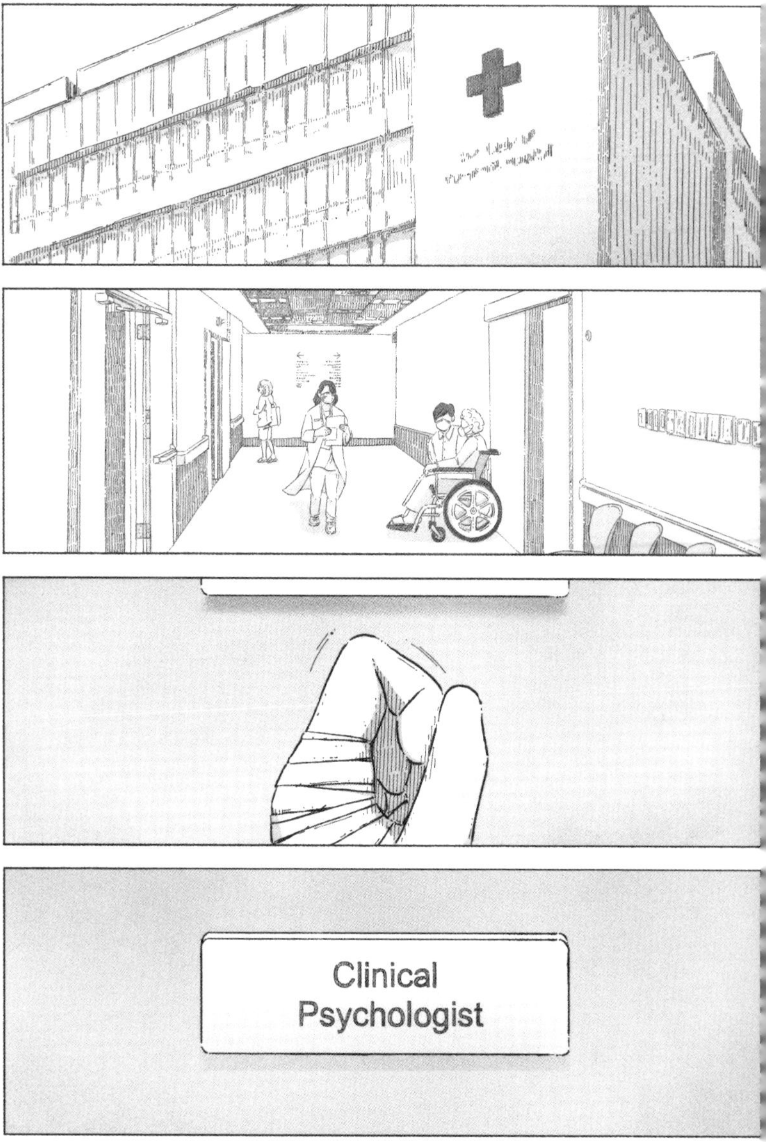
Clinical
Psychologist

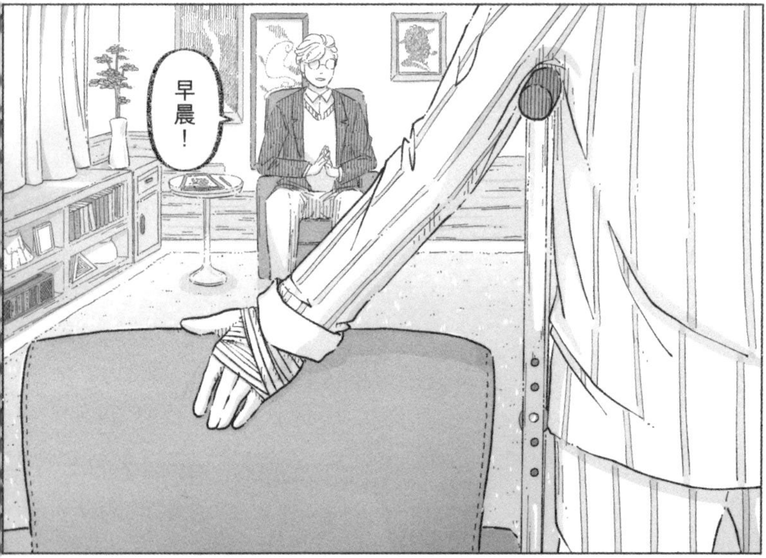
早晨！

這幾天過得怎樣？
找到了沒有？

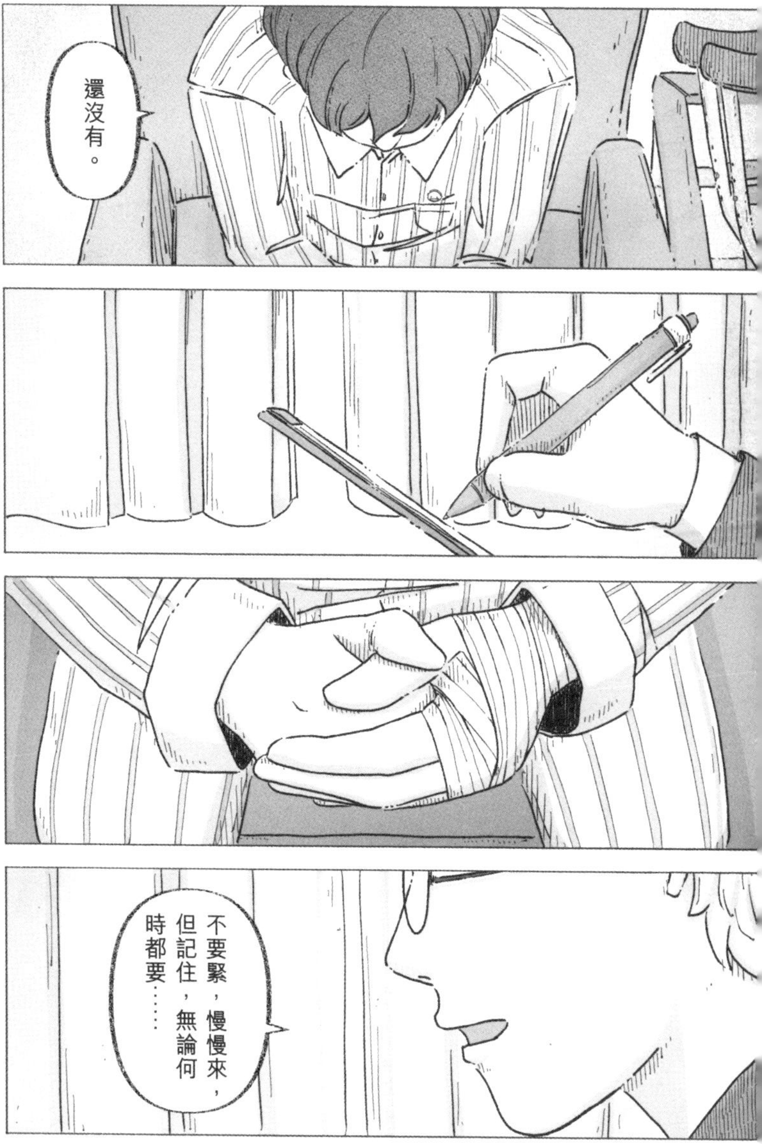
還沒有。
不要緊，慢慢來，但記住，無論何時都要……

尋回自己的快樂啊！

第6話

替代・記憶與遺忘

“或者，是時候改變了，人，總得向前走，

那不等於你妥協。

——他的朋友”

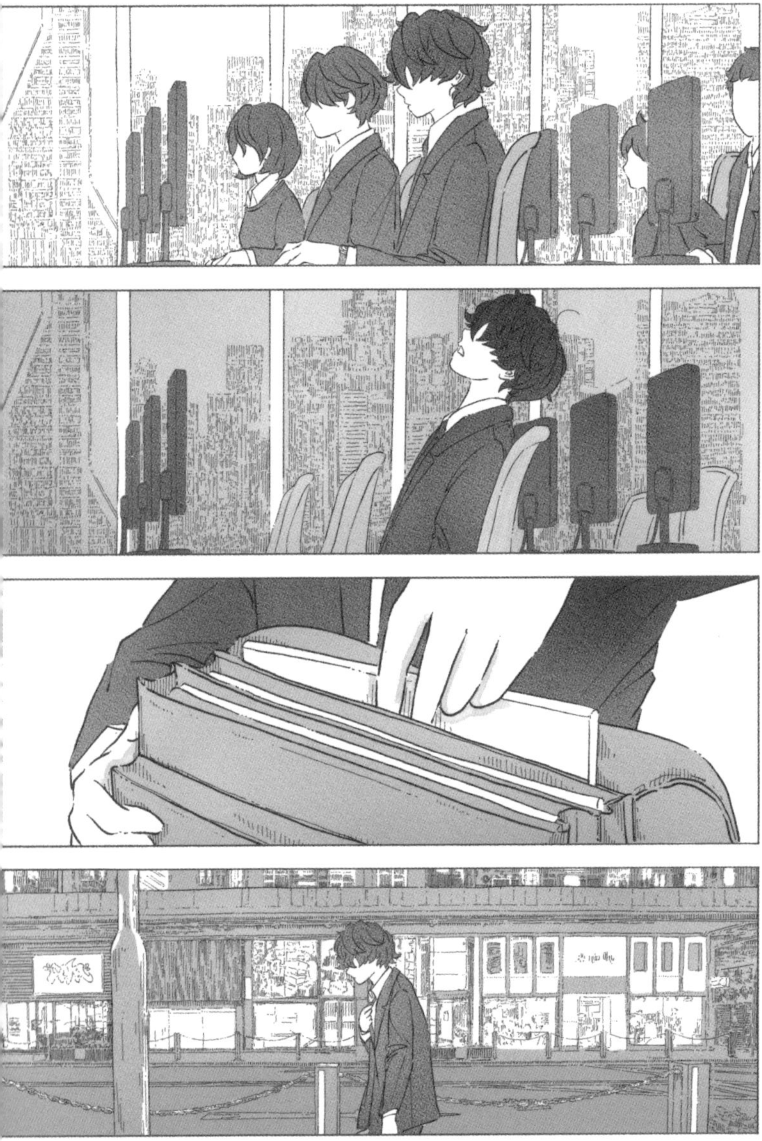

今晚去喝一杯嗎？
好！

送給你！

放心，是同款的男裝手錶，也是時候換一個新的吧！
所有事物都有它的時間，與其緬懷過去，倒不如重新出發，好好生活。
嗯。謝……謝……

dk

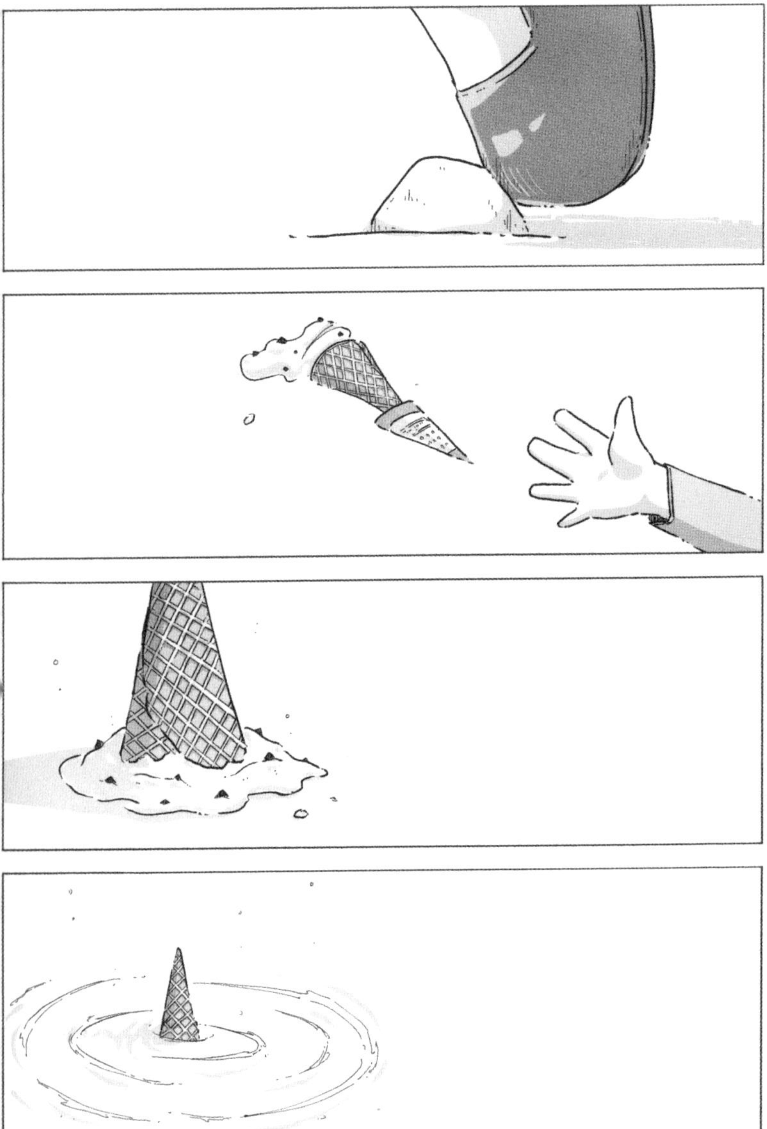

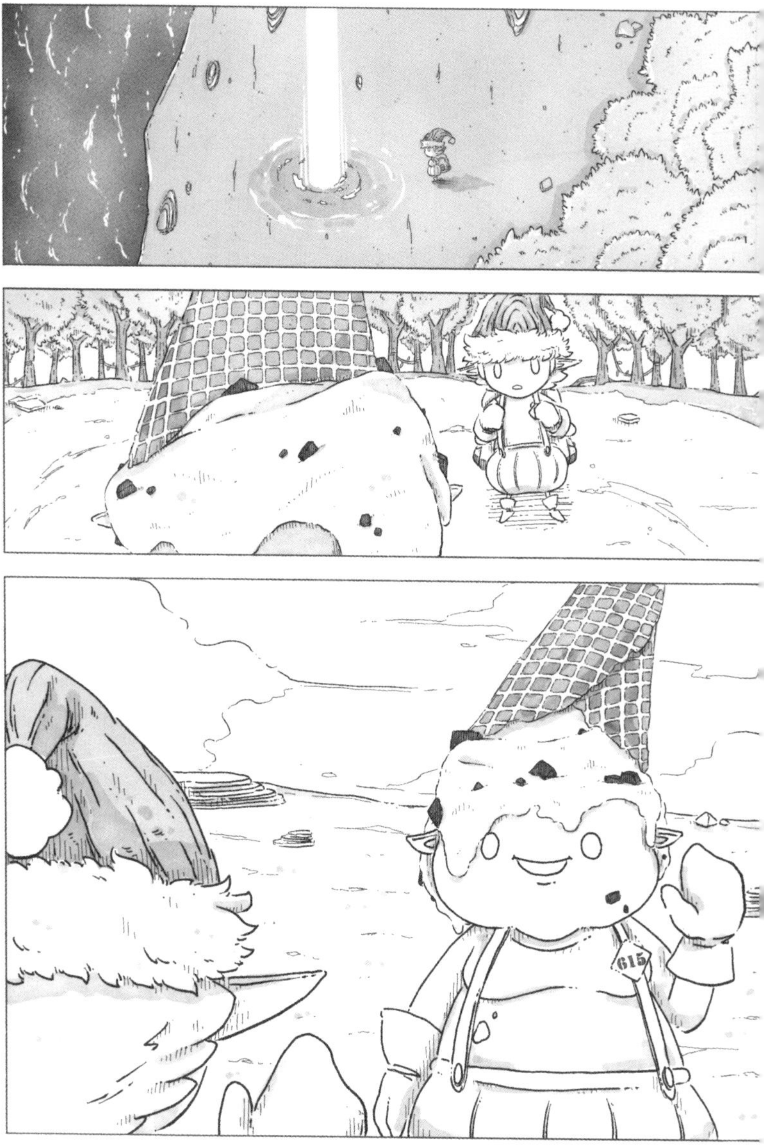
615

615

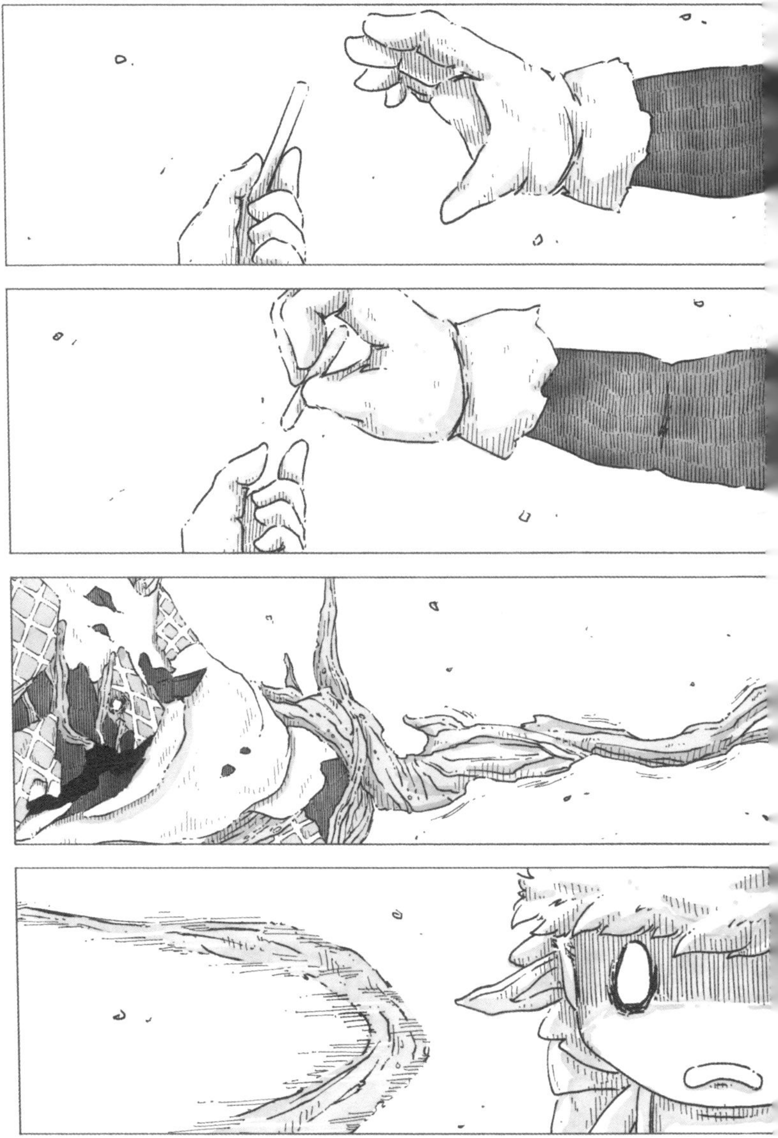

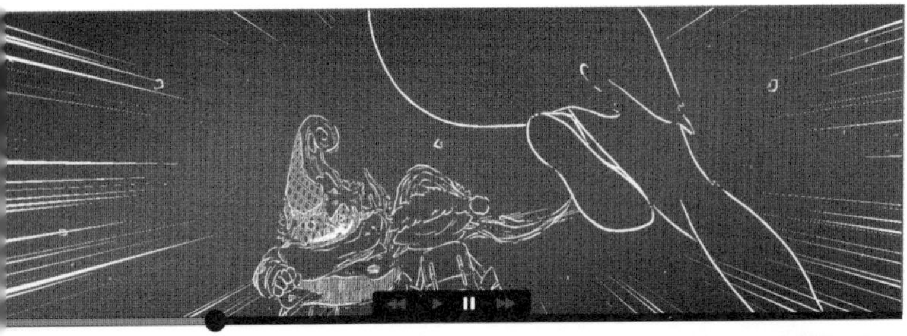
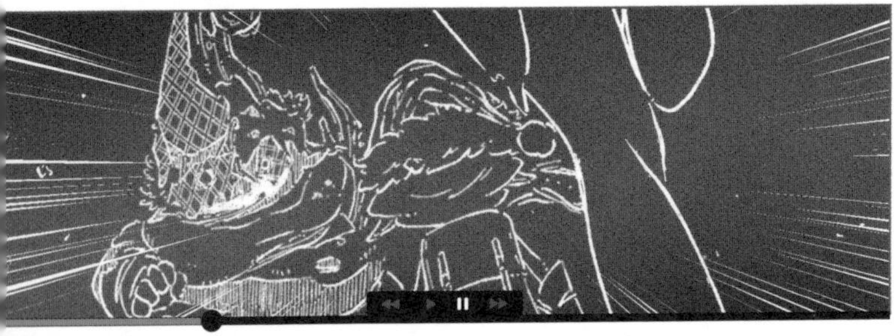
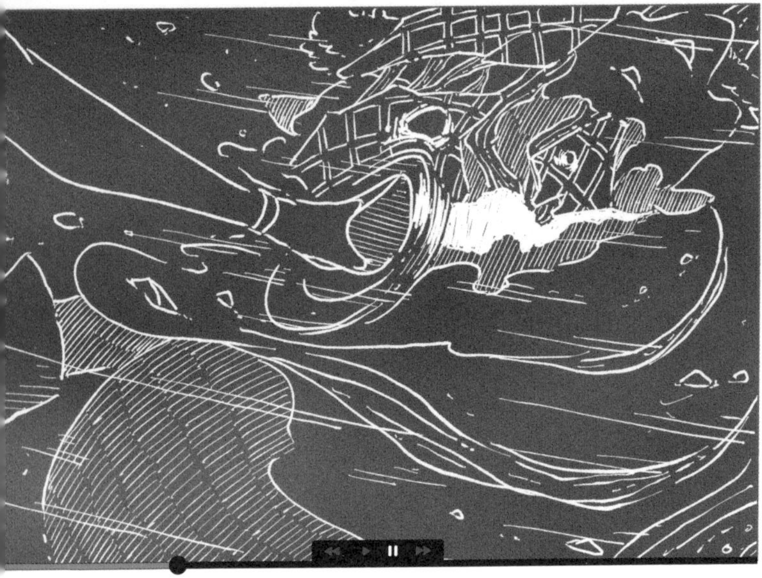

23

叮咚！叮咚！
失物牌也掉了……無論多努力，最終還不是變成兇靈，是他們的錯嗎？
叮咚……
我們是為了甚麼去堅持？所謂使命，根本就是個笑話！

曾經代表着自己的堅持、身分和信念的物件，
23
謝謝你。
23號深深體會失而復得的滋味，內心又重新燃起那一點火。

第 7 話

闖關・成敗關鍵

遺失，令你自責，更加無法放下過去，

我希望你得回手錶後，能好好為自己而活。

——叮咚

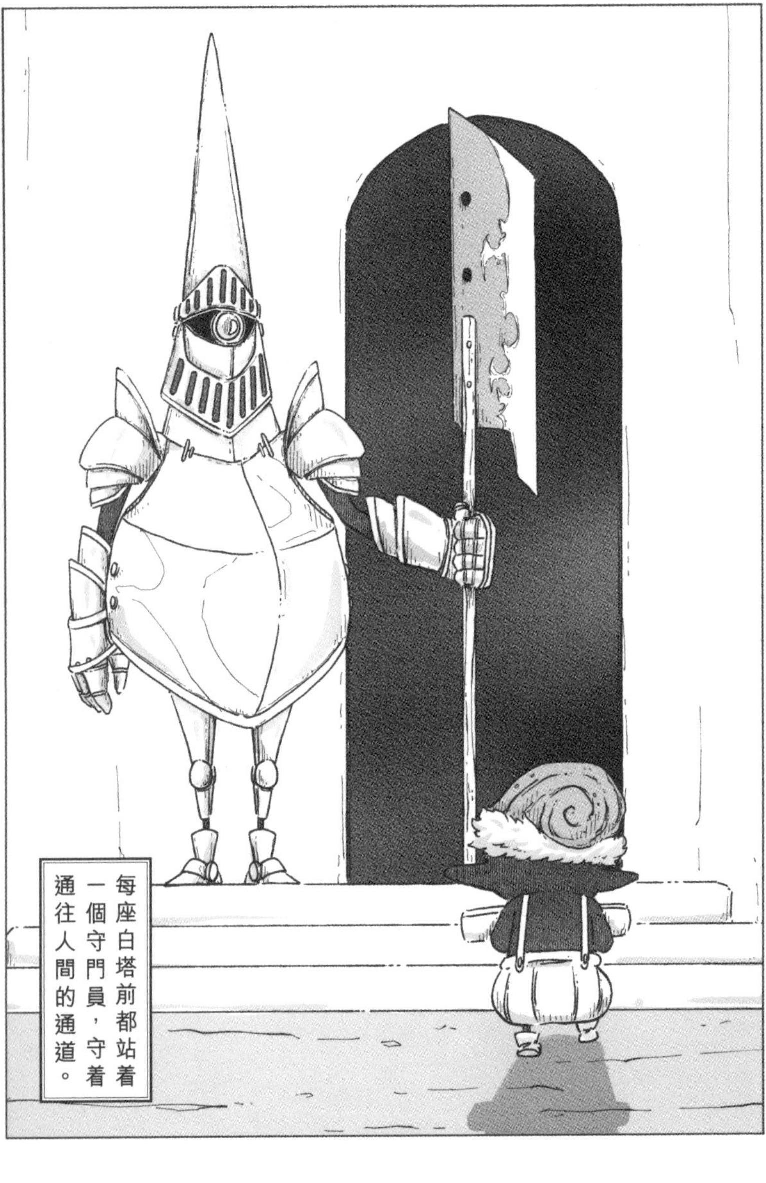
每座白塔前都站着一個守門員，守着通往人間的通道。

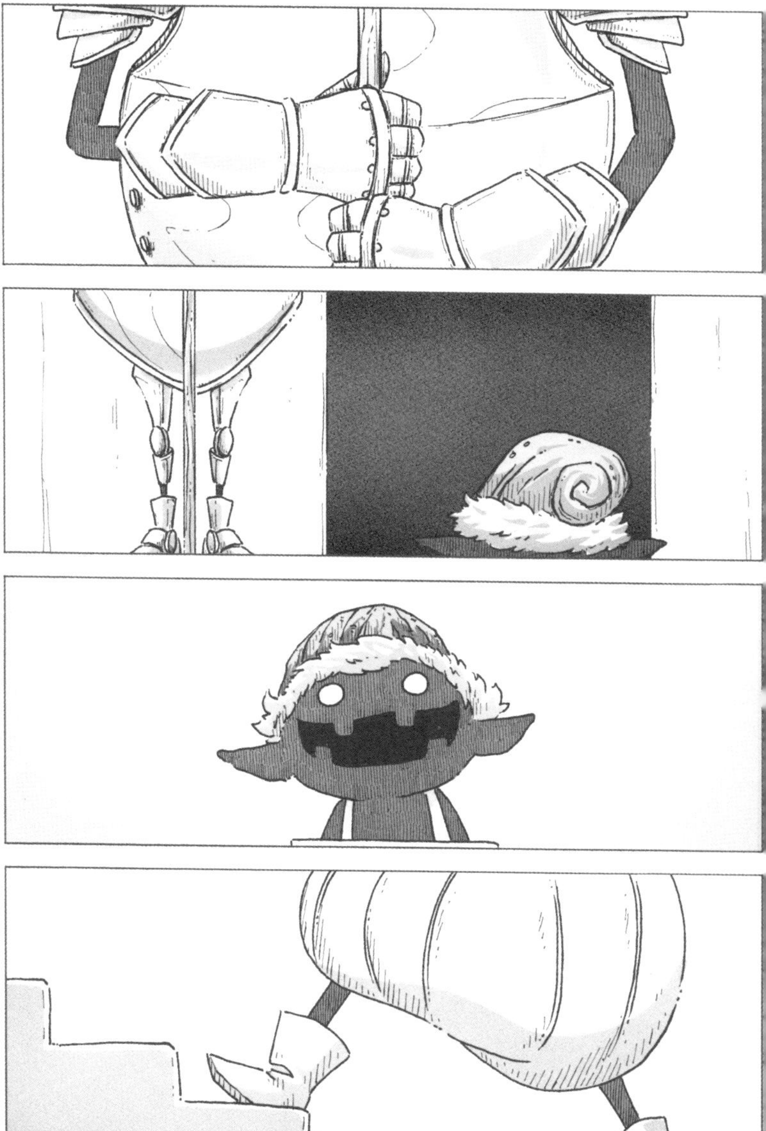

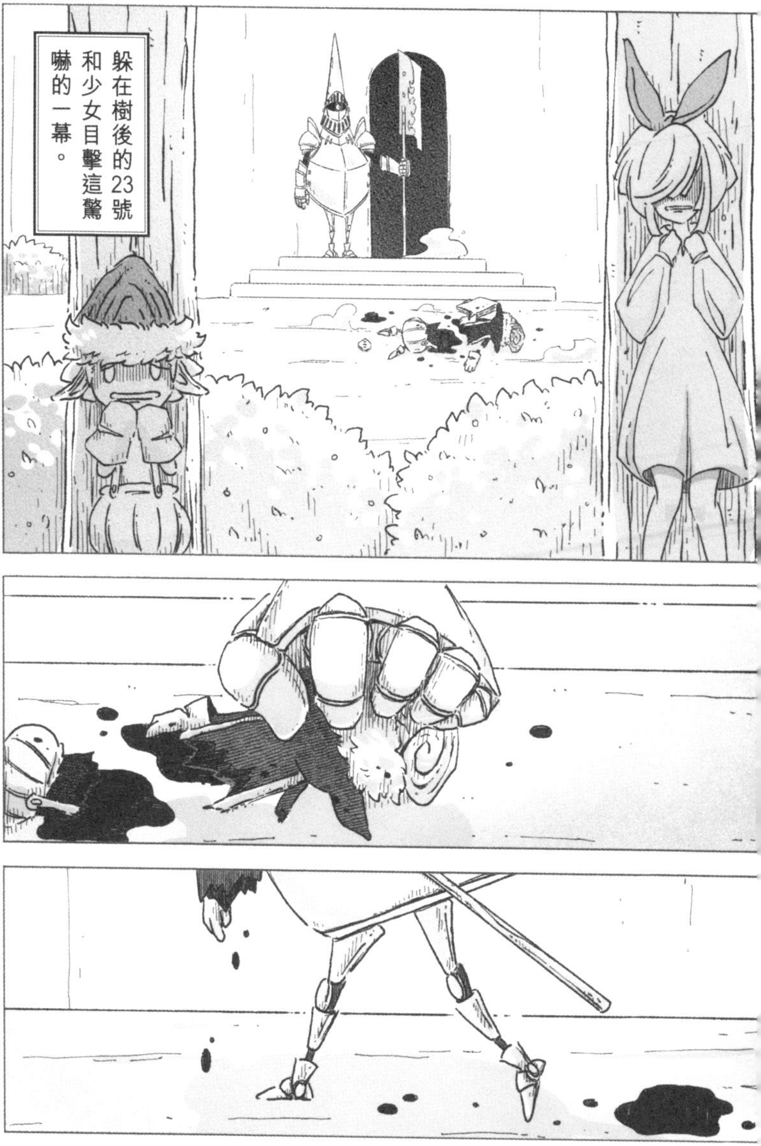
躲在樹後的23號和少女目擊這驚嚇的一幕。

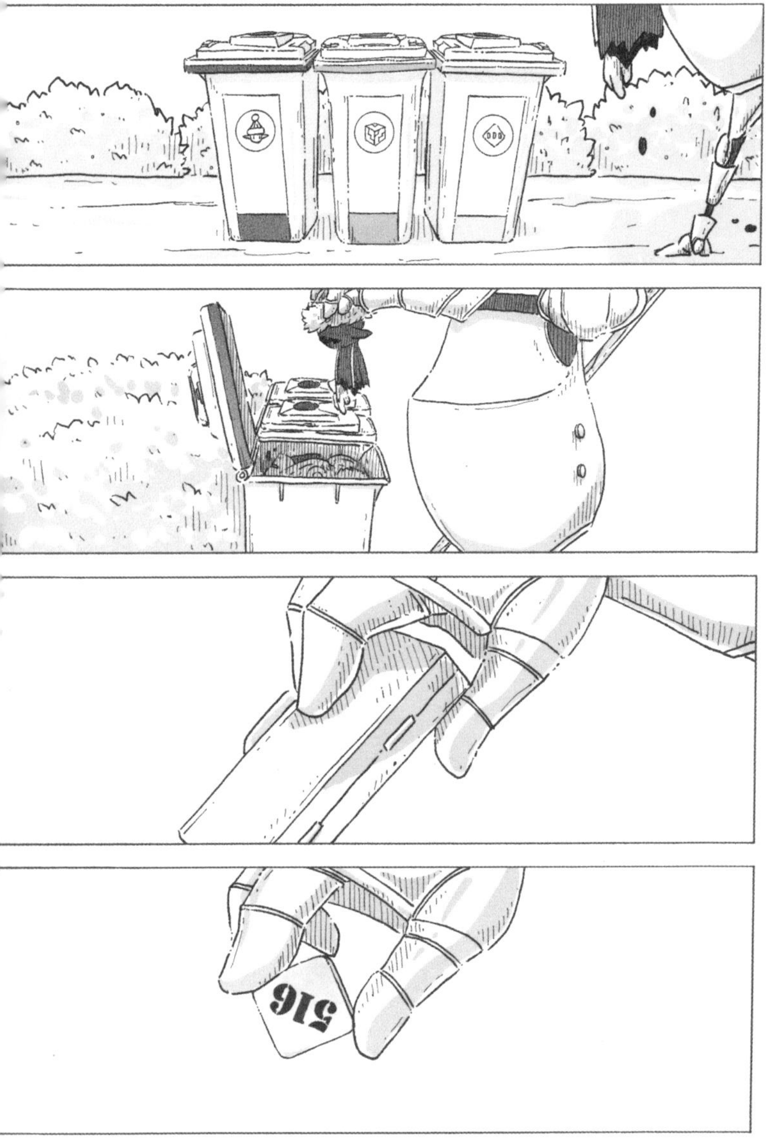

516

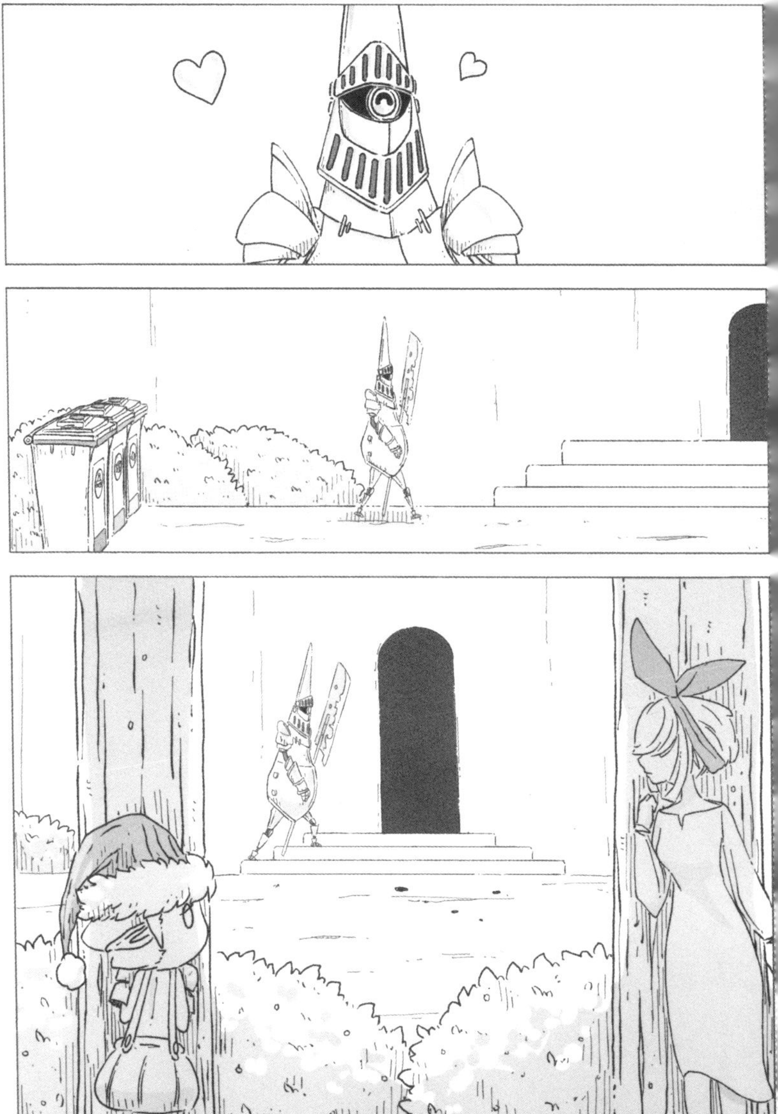

怎麼辦？拿着假的失物牌，能有成功的機會嗎？
叮咚！叮咚！
叮咚……
你有辦法嗎？甚麼方法我也願意一試！
她說甚麼啊……
23

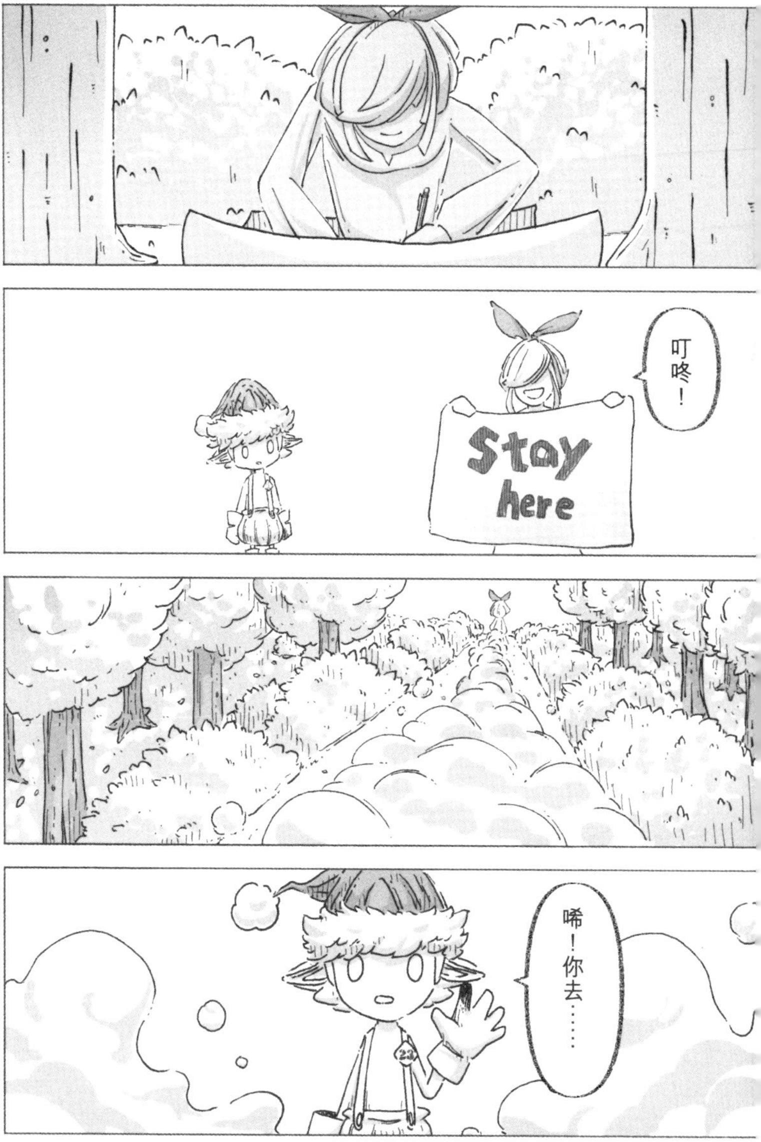
叮咚！
Stay here
唏！你去……

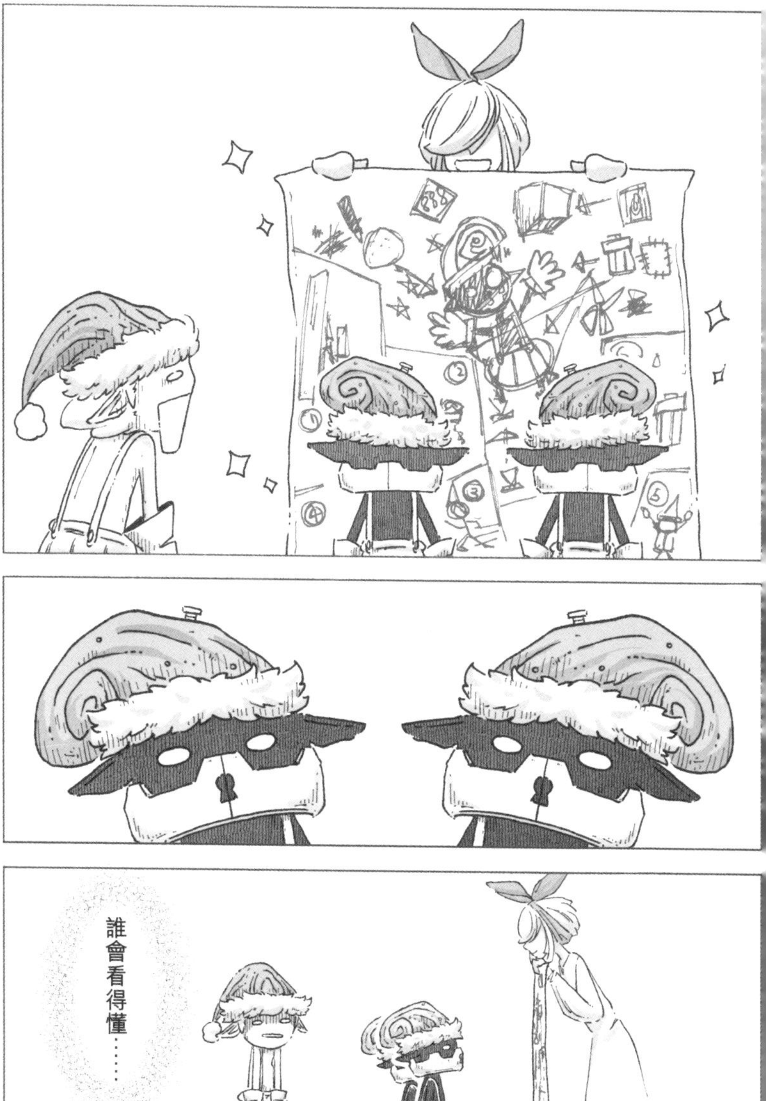
誰會看得懂……

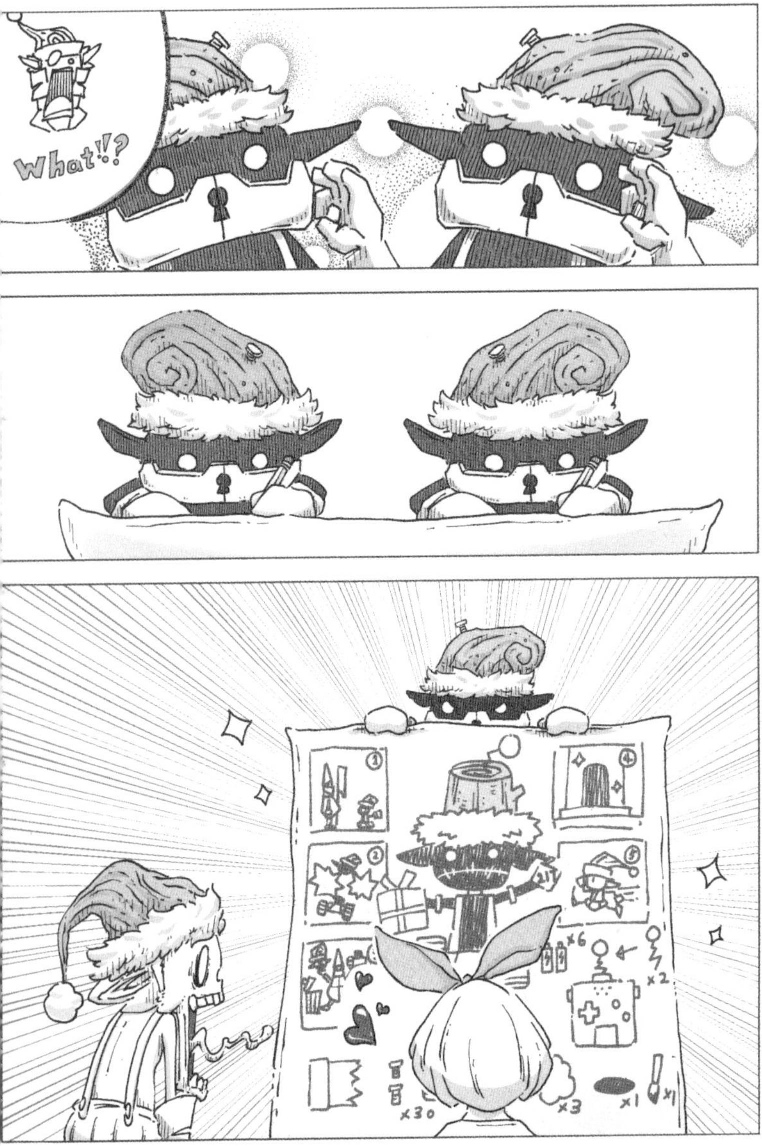
What!!?

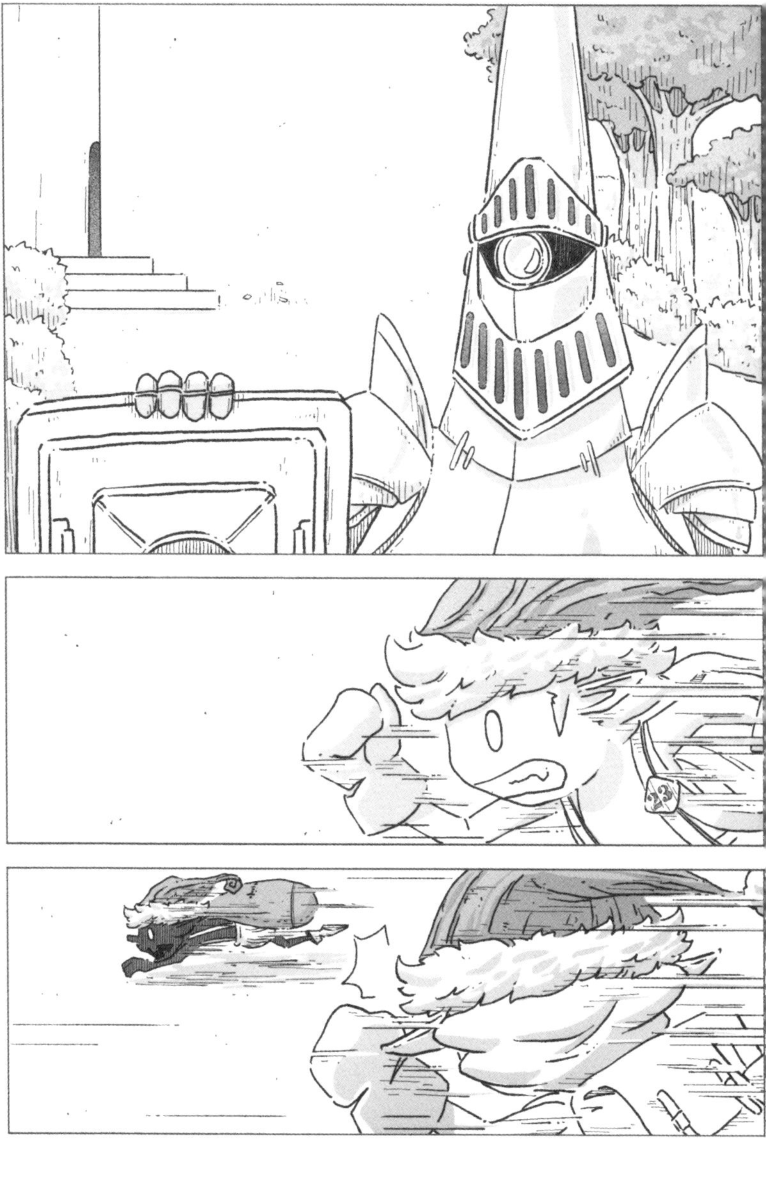
23

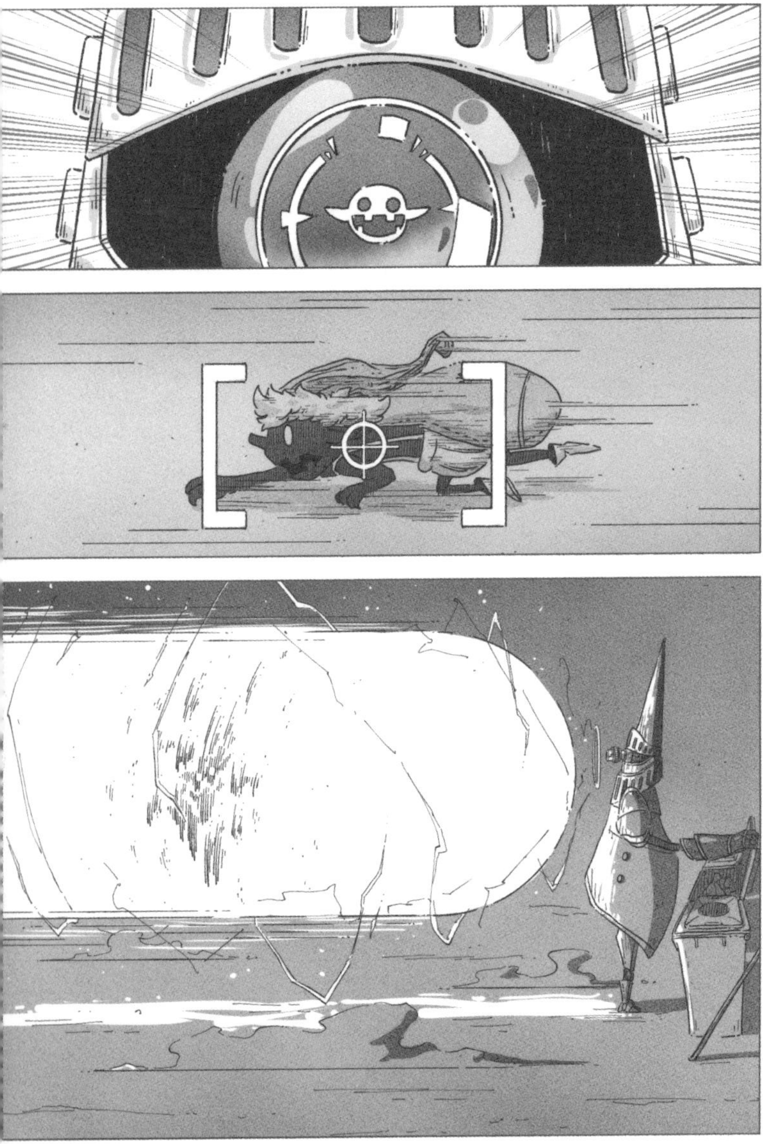

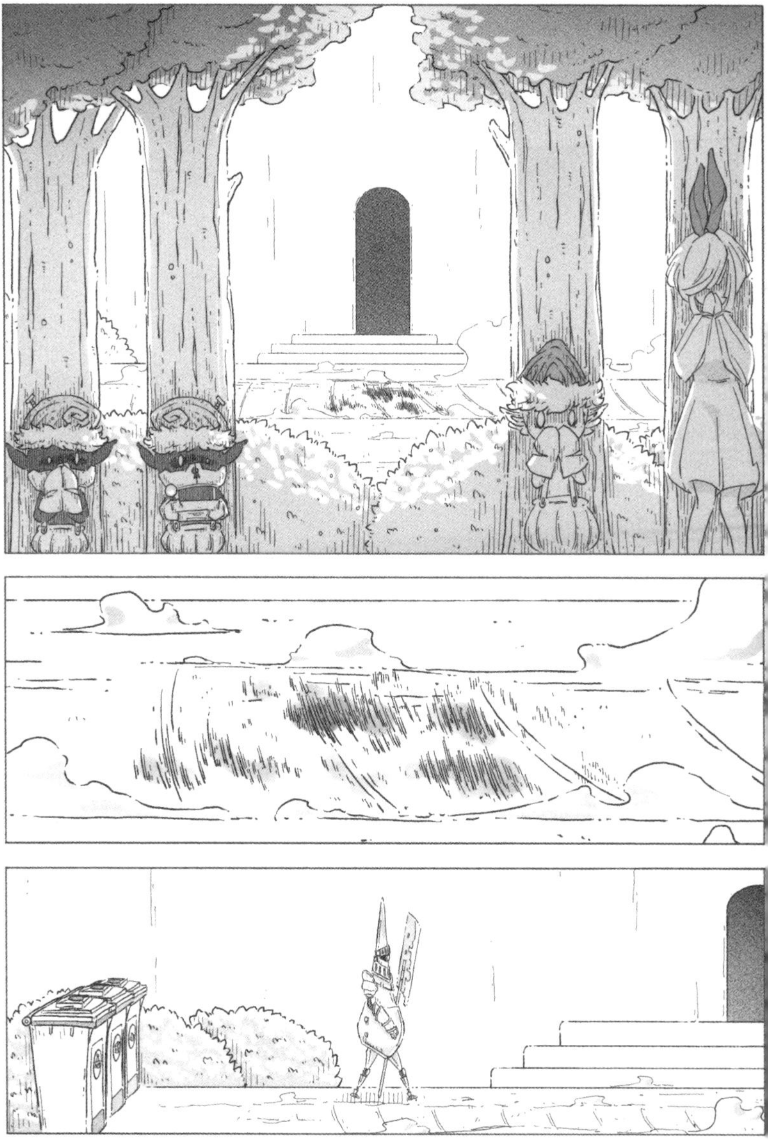

這夜，他們重整心神，再思量應對方法，只有23號，
他掉進了思緒的深淵。

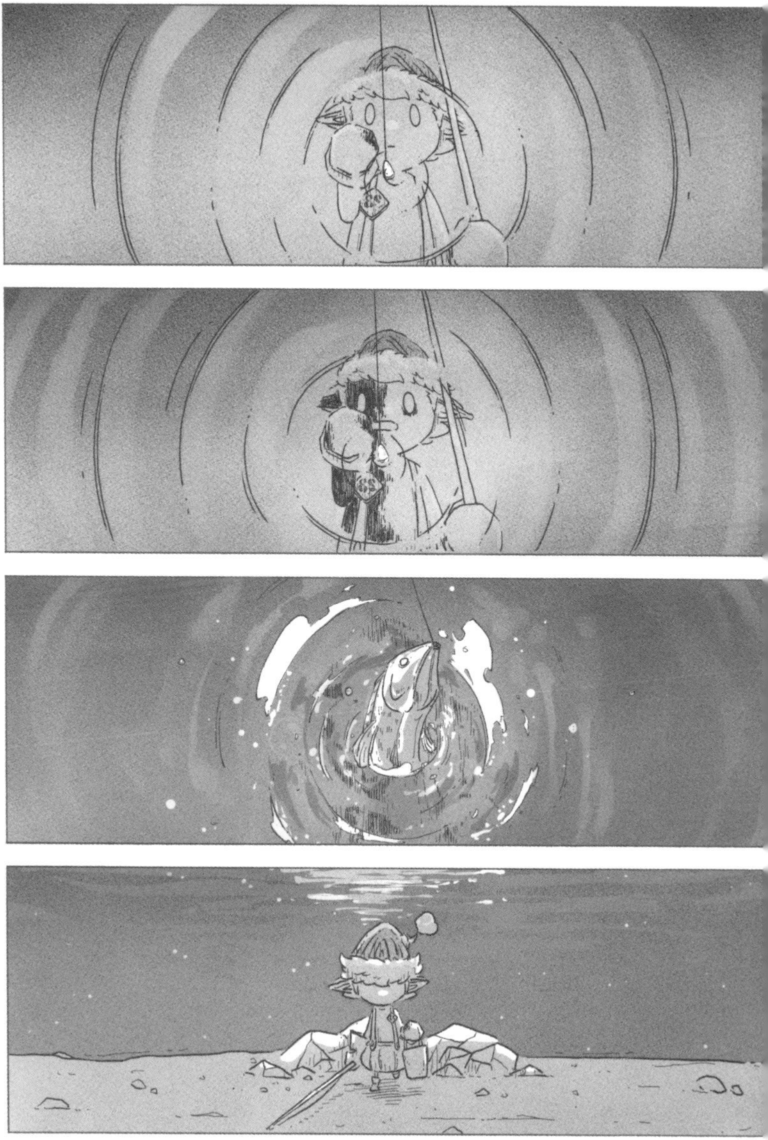

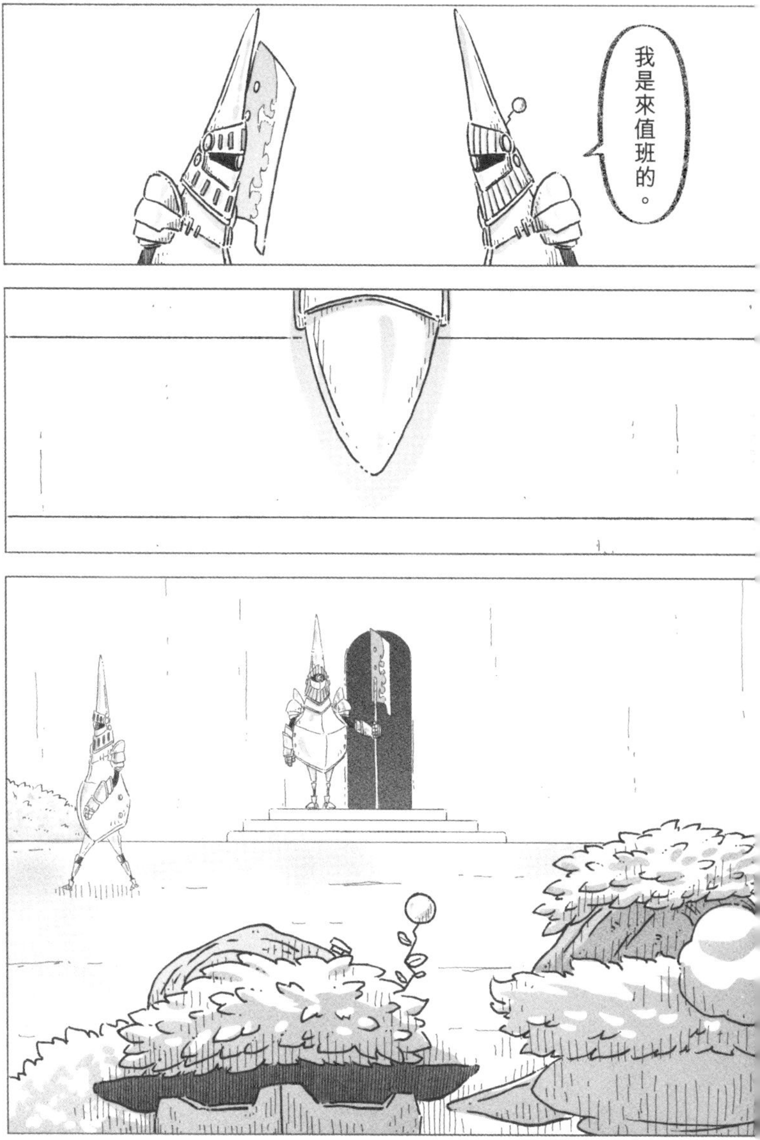
我是來值班的。

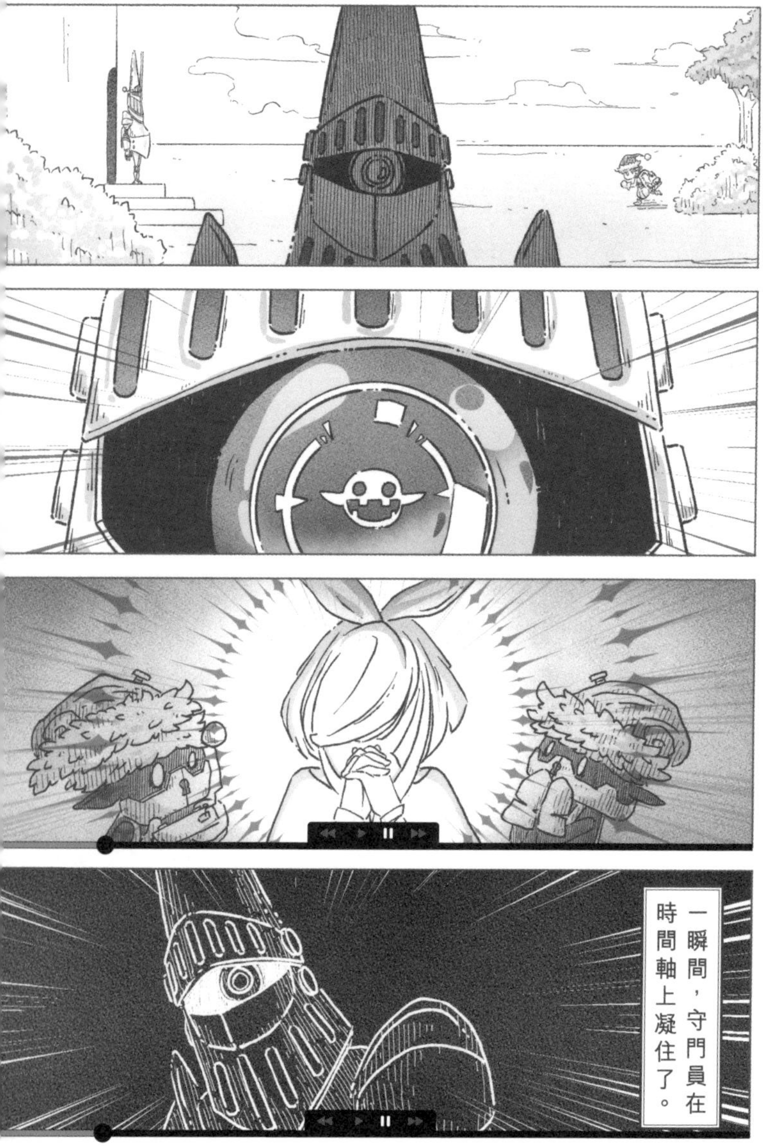
一瞬間，守門員在時間軸上凝住了。

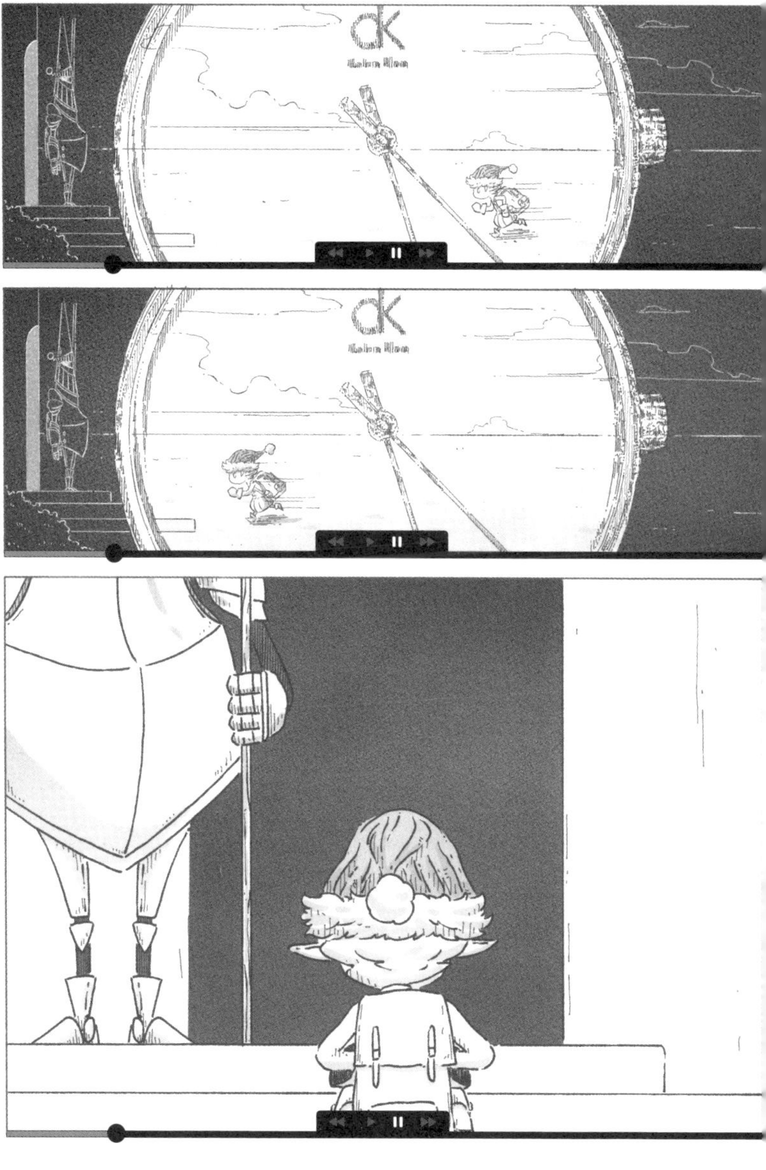
ck

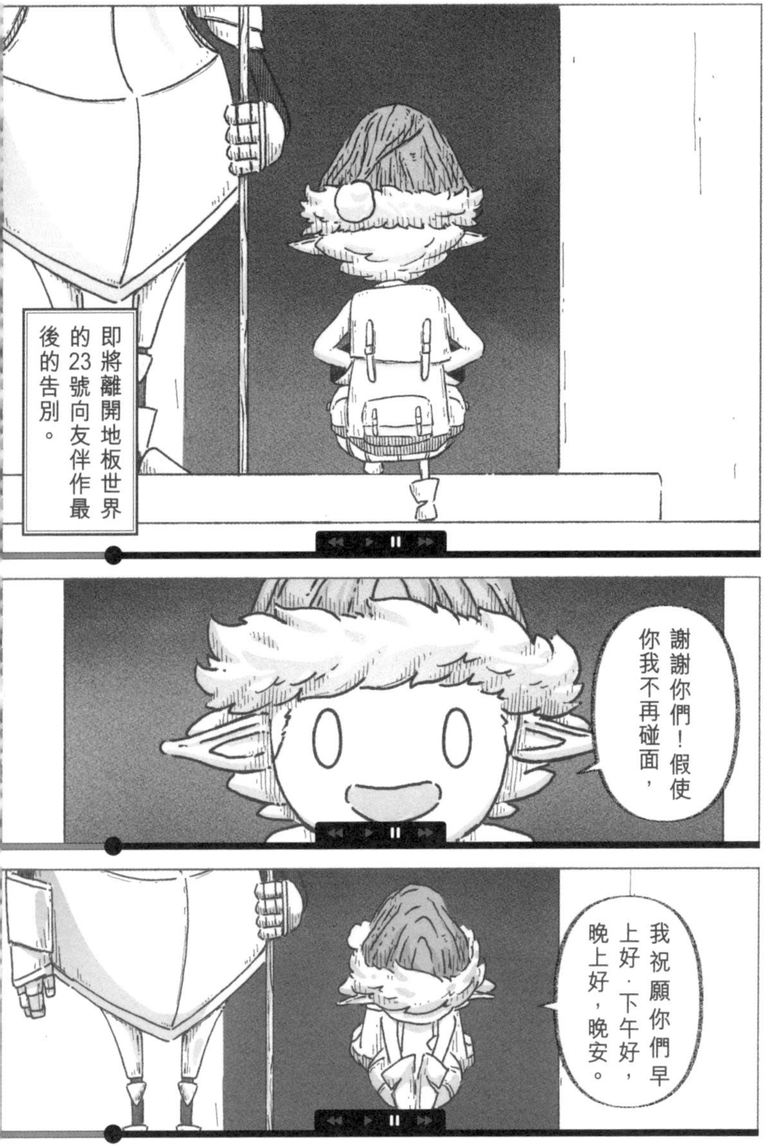
即將離開地板世界的23號向友伴作最後的告別。
謝謝你們！假使你我不再碰面，
我祝願你們早上好·下午好，晚上好，晚安。

注：23 號告別的話取自電影《楚門的世界》(The Truman Show) 最後一幕男主角離開人間的舞台時向眾人的告別與祝福。

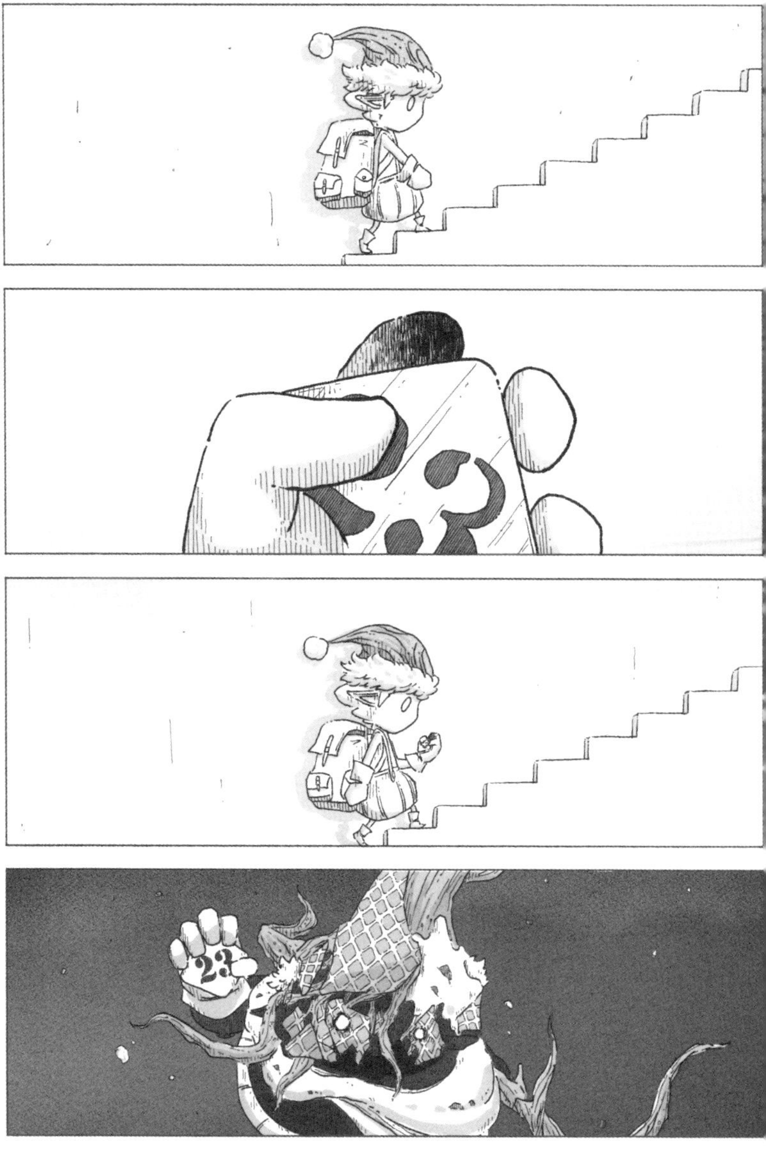
23

23

或許我的存在是個無謂的掙扎，
又或許，我就是他最後的堅持。

第8話

再見·或得或失

無悔，即或在前面等着我的是個深淵，因為這是我的選擇。

——23號

DIAMOND
花田

嚴禁塗鴉
No Scrawling

ck
ck
Coffee

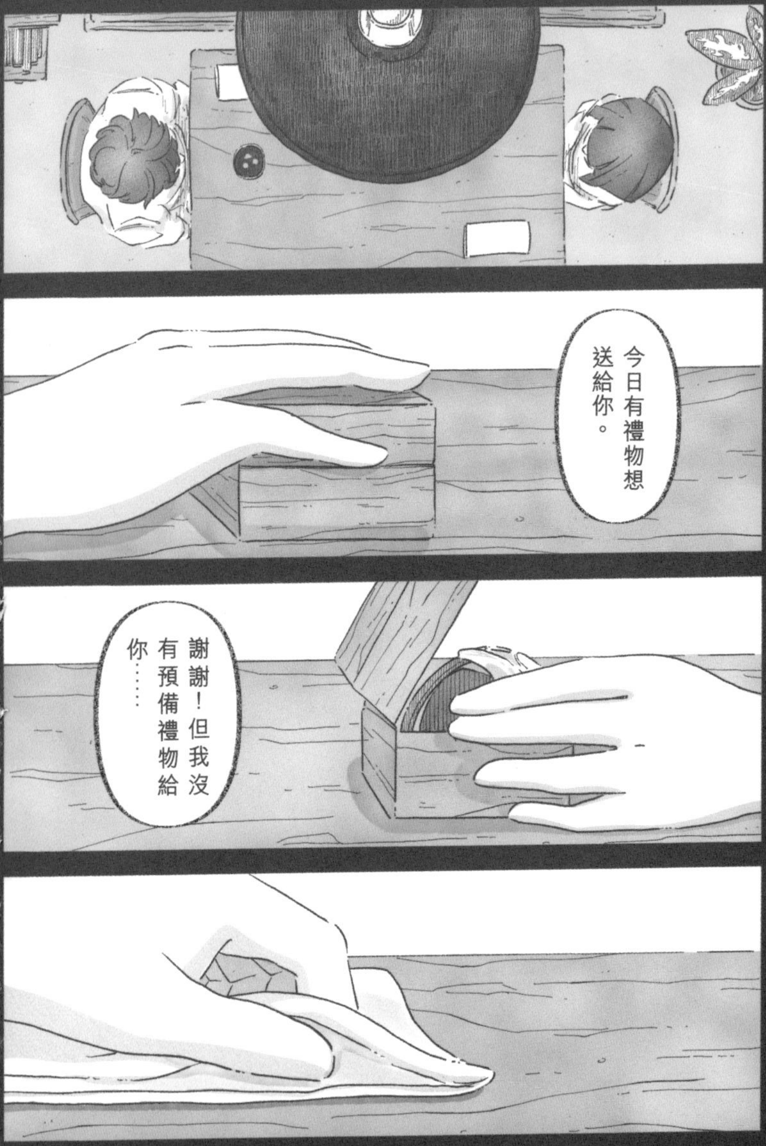
今日有禮物想送給你。
謝謝！但我沒有預備禮物給你……

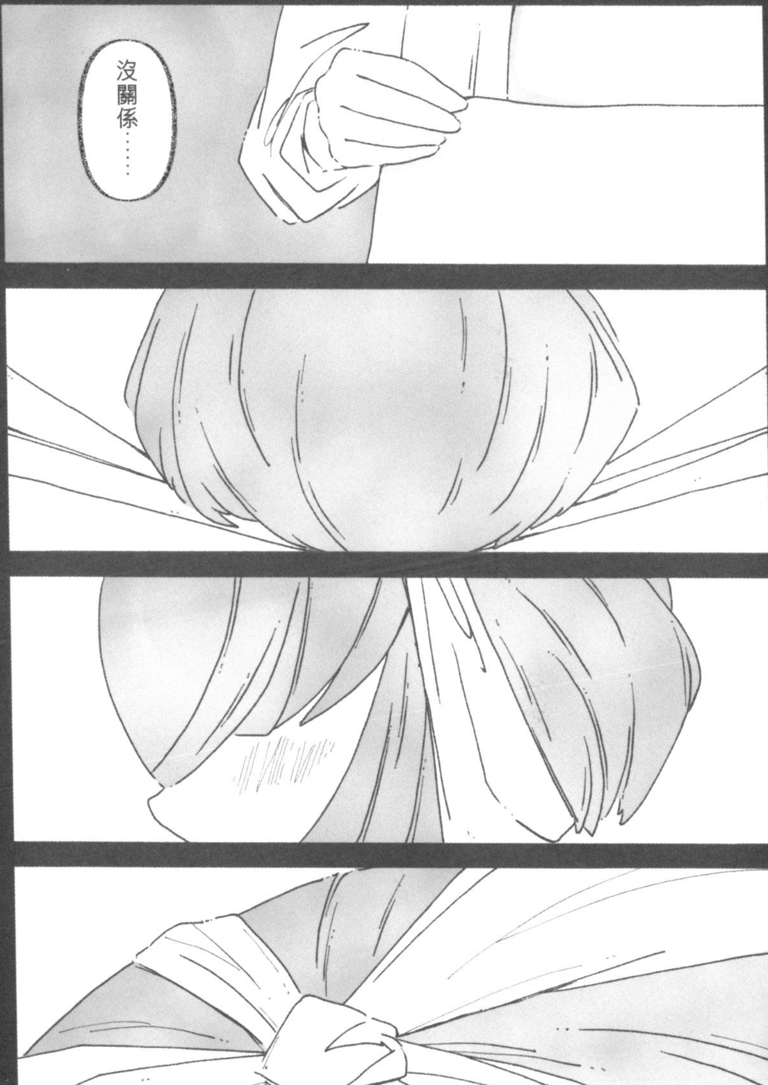
沒關係……

你就把自己當作禮物送給我吧！

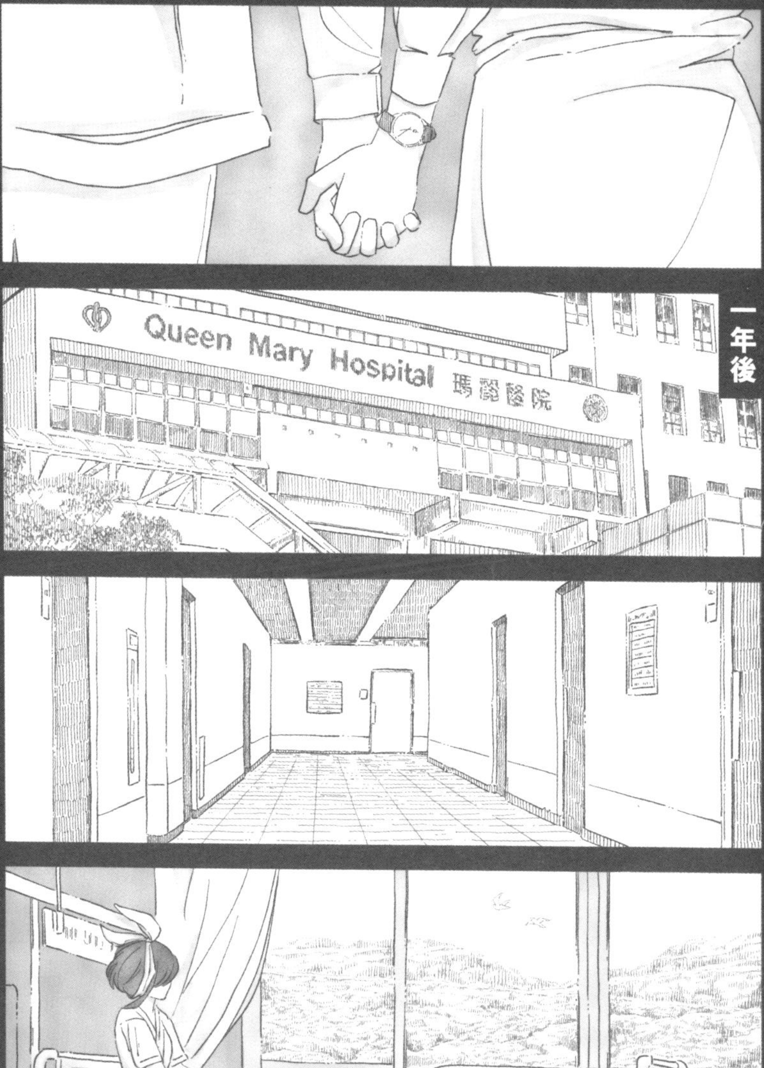
一年後
Queen Mary Hospital 瑪麗醫院

叮咚～
叮咚～
叮咚～
叮咚～

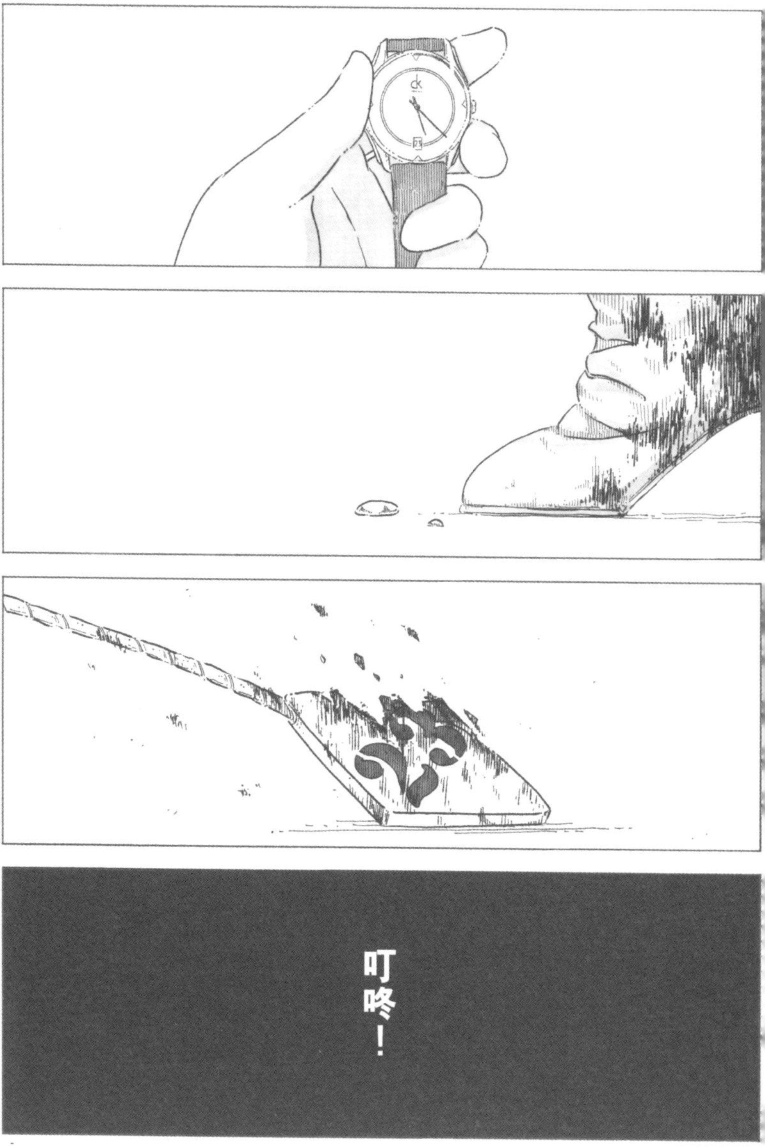
叮咚！

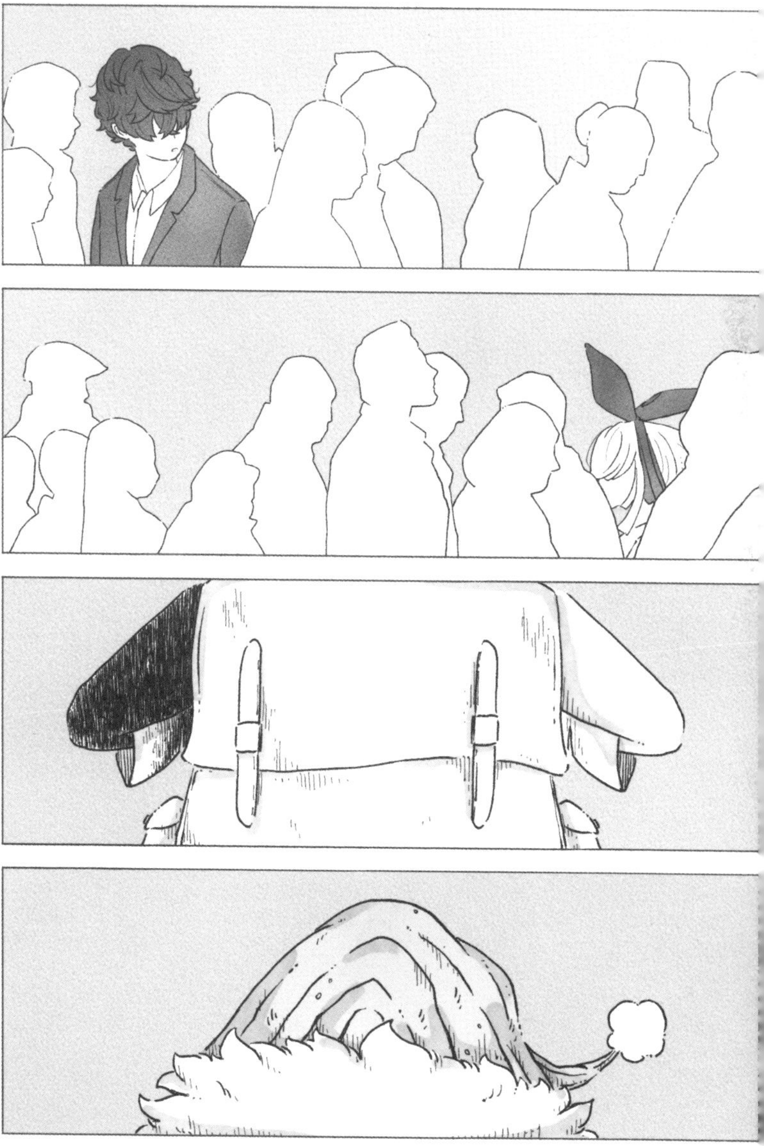

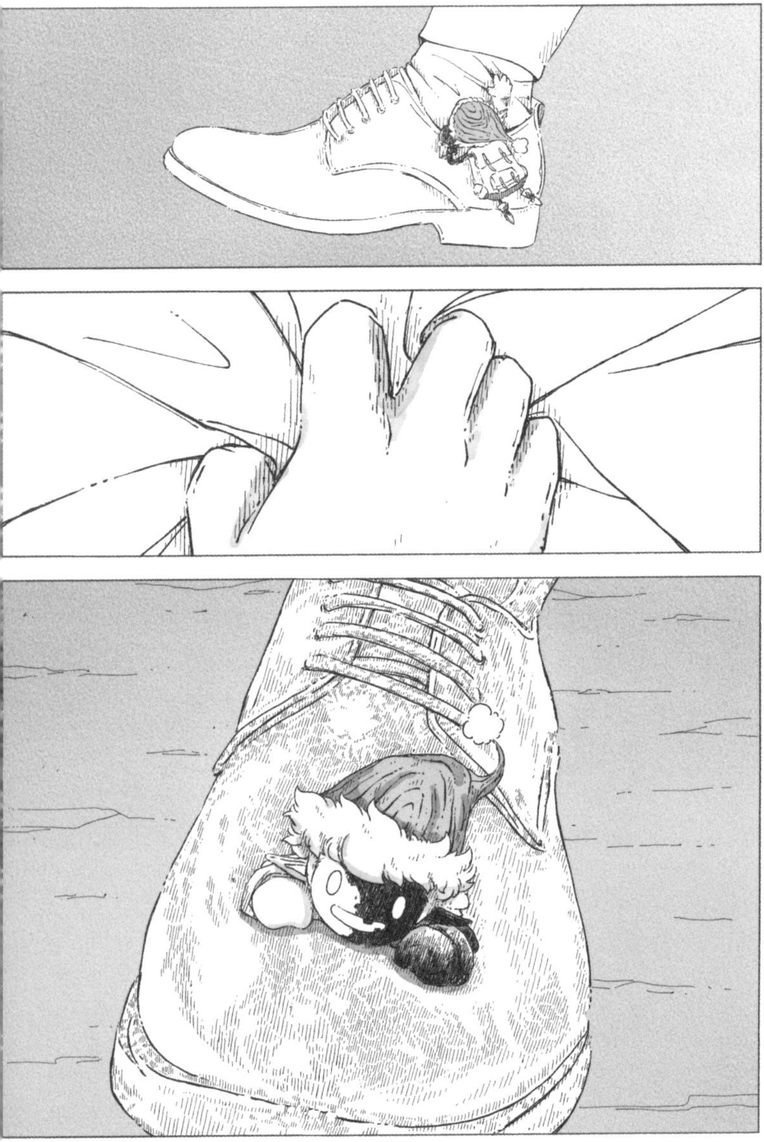

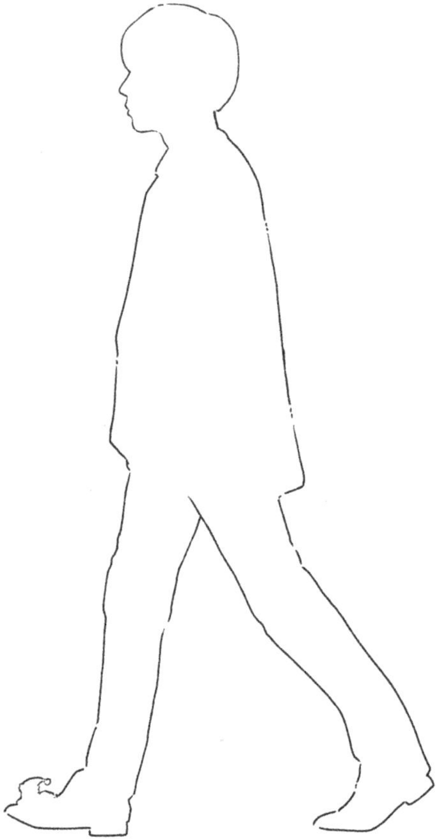

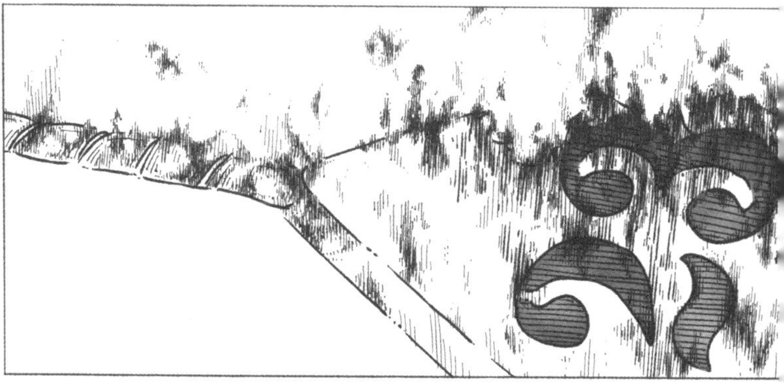

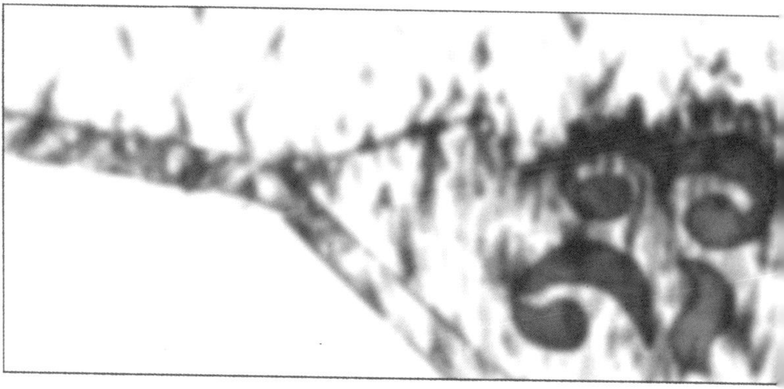

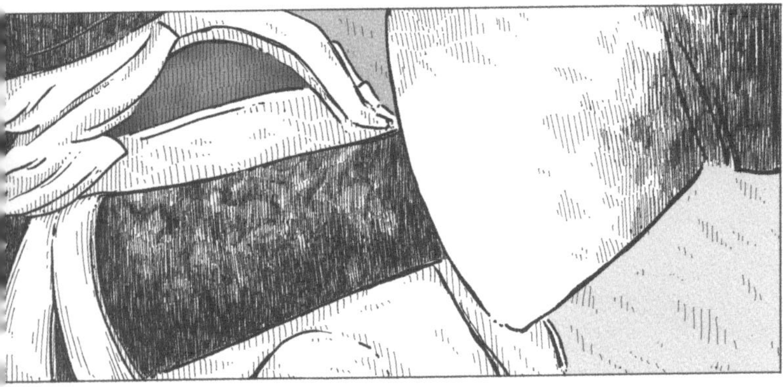

尋找有時，失落有時。保存有時，拋棄有時。

A right time to search and another to count your loss.
A right time to hold on and another to let go.

《聖經．傳道書》

THE MESSAGE · Ecclesiastes

後記

門

源於Man僧的一個鼓勵——「試吓參加啦……」，不然，我應該不會作出嘗試，因為我知道漫畫不是單純畫好一張插圖便可，而是要有劇本、分鏡和節奏等等，對我來説，過往不曾學習，亦無研究，單純如大部分讀者一樣，在一個空閒時間，用半個小時看完作者花幾個月完成嘔心瀝血的作品，再自以為是地去評論作品的好壞。

所以，如白紙一樣的我，在「港漫動力——香港漫畫支援計劃」開始前的八個月，就着手預備劇本，更遠赴日本自修一個月，每日到二手漫畫書店及不同地方尋找靈感，回港後就開始試畫，將漫畫書當成教科書去研究，摸索一個適合自己的畫法及分鏡，過程都不太順利。同時我開始四出尋找幫手，難得找到合適的卻又遭到拒絕，最後只能靠自己去完成。歷經八個月，拿着比要求多出三倍的頁數到「港漫動力」面試，那時我完全感到機會渺茫，我的預備將會白費……也許那只是大師出於善意的一個鼓勵，何必太認真呢……

面試過後，我放下了當日的漫畫練習時間表，拿起久違的遊戲機，做了一天廢人，第二日就繼續我的練習時間。感謝一切打擊我的事情，沒有這些，我不會想通《地板世界》的主旨——

「或許我的存在是個無謂掙扎，又或許，我就是他的最後堅持。」

如果當日我就此擱下畫筆，這個故事就不會出現，只有我，才可以將它帶來這世界，也只有我，才可以將祝願成真，那麼就義無反顧地去做吧！

幾天後，又是個孤獨創作的晚上，我收到成功入選的通知，當刻當然興奮，但我依然繼續揮動手上的畫筆，因為我知道那只是剛剛開始。

最後，《地板世界》能完成，全因不同人的幫忙、參與和協助，恕我未能一一題名致謝，雖然我已效法大師一樣「千金散盡」（真）來報答大家，但相較你們的付出，那真是微不足道，最後借此說一聲：「感激！」

門

設計師．插畫師．藝術治療師

擅長原子筆手繪、墨繪、電繪。筆者從事插畫工作多年，亦常為雜誌、書籍、教材、電子遊戲等產品擔任設計。此外，亦致力教導在學習上有特別需要的學童（Special Education Needs），除了傳授繪畫技巧，更希望協助他們學會透過圖像表達自己。本書為作者首部漫畫創作。

bdbdbd_pq

後記

大家好！感謝讀者們的支持！

能成為漫畫助理，是挺意外的，畢竟當時我才剛中學畢業，也自問還沒有這個能力，這一切也得感謝作者阿門的提拔，對他來説，該算是一場賭博吧，哈哈！

漫畫的製作過程跟想像中一樣難，但我覺得自己已經是相對輕鬆的，這也多虧作者呢，作者辛苦了！

不過作為助理，最開心的時候，大概就是能看到更新和修改的內容，還有以讀者的角度檢視作品時的驚喜，而建議能被採納也是十分有成就感的。總括而言，我還是很享受製作過程。

往後若有甚麼新作品，也敬請支持。

祝願各位都能尋回失物哦！:)

Loku

no.loku_6

地板世界

In-between CreviceS

企劃監督	張紙晨		
作者 / 主筆	門	**統籌**	失物工作室
排版 / 設計	門	**責任編輯**	陳俊珊
漫畫助理	Loku	**漫畫協力**	棗田、BallED

出版

格子　　香港荔枝角青山道 505 號通源工業大廈 7 樓 B 室

承印

新世紀印刷實業有限公司

香港柴灣利眾街 44 號四興隆工業大廈 13 樓 A 室

出版日期　2024 年 7 月初版

ISBN　**978-988-76335-8-7**

定價　**HK$ 140**

本出版物獲第三屆【「港漫動力」─香港漫畫支援計劃】資助。該計劃由香港動漫畫聯會主辦，香港特別行政區政府「文創產業發展處」為主要贊助機構。

鳴謝：

主辦機構：香港動漫畫聯會

主要贊助機構：香港特別行政區政府「文創產業發展處」